友人に500円貸したら借金のカタに妹をよこしてきたのだけれど、俺は一体どうすればいいんだろう

としぞう

FB
ファミ通文庫

I lent 500 yen to a friend,
his sister came to my houco
instead of borrowing,
what should I do?

イラスト　雪子

第5話

友人の妹がやってきて
初めてのアルバイトの日な話

143

第6話

友達の妹についてほんの少し知る話

199

第7話

友人の妹と一緒に暮らしていく話

215

番外編

私の夏が始まるお話

231

第1話
友人が500円の借金のカタに
妹をよこしてきた話
004

第2話
友人の妹の手料理に舌鼓を打つ話
040

第3話
宮前さんちの兄と妹の話
076

第4話
友人の妹のアレを見てしまう話
104

CONTENTS

第1話 友人が500円の借金のカタに妹をよこしてきた話

いったい、何が起きているんだろう。

俺は目の前の光景をとても現実のものとは思えなくて、ただ瞬《まばた》きを繰り返しつつ固まっていた。

一人の少女がいる。

太陽の光を反射させつつ、そよ風にさらさらとたなびく絹《きぬ》のような黒髪。ぱっちりと形の良い、こちらを真《ま》っ直《す》ぐ見つめてくる瞳。すらっとした鼻立ち。化粧っ気はないがやけに紅《あか》く感じる艶《つや》やかな唇《くちびる》。

まるでテレビの向こうに住んでいるような、文句のつけようがない美少女が、俺の一人暮らしするアパートの玄関口に立っていた。

「お久しぶりです、白木求《しらぎもとむ》先輩」

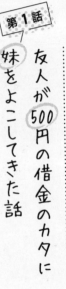

彼女は原稿を読み上げるアナウンサーのようによく通る声で、はっきり俺の名前を呼んだ。

そう、彼女とは初対面じゃない。よく知った仲というわけではないけれど、ちゃんと顔見知りであり、彼女が俺の名前を知っているのにも驚きはない。

けれど、それでもどうして彼女がここにいるのかは全く分からなかった。だって、彼女の来訪はあまりに唐突で、俺なんかよりもよほど彼女に詳《くわ》しいアイツはこんなこと一言も言ってなかったはずなのに。

先輩と俺を呼ぶ彼女は、俺の一つ下の女の子であり、そして彼女自身それを主張するかのように高校指定のセーラー服を身に纏《まと》っていた。

僅《わず》か半年――いや、夏服だから1年くらい前までは当たり前のように目にしていたものだけれど、でも凄《すご》く眩《まぶ》しく感じる。

圧倒的な美少女オーラと、現役高校生という若々しさに圧倒され、ろくに返事もできずに固まる俺に対し、彼女は口元に微笑《ほほえ》みを浮かべ、そして――

「兄に言われ、借金のカタとして参じました。これからよろしくお願いいたします」

そんな、とんでもないことを口にした。

大学生はおそらく2種類に分けることができる。

大学生になって極端に増えた自由な時間を上手に活用できるタイプと、できないタイプだ。

◇◇◇

高校から大学に進学して、一番の変化は単位制になったことだ。

一部の高校ではそういうところもあるらしいけれど、俺の通っていたところだと授業は学校側が組んでいて、俺達学生はそれに従い、毎日6時間か7時間の授業を淡々《たんたん》とこなすという形だった。

対し、大学の単位制は期ごとに上限の単位数まである程度自由に、自分で時間割を組むことができる。進級や卒業に必須の単位もいくつかあって、自由自在とはいかないけれど、上手く調整すれば毎日昼過ぎから大学に行けたり、土日以外にもどこかの曜日を休みにできたりする。

1年のわりふりも高校の頃は3学期制だったのが、前期後期の2つになり、夏休み、そして春休みが長くなった。

この8月からの夏休みは驚くことに約2か月もある。

きっと人によってはこの2か月で旅行に行ったり、部活に打ち込んだり、集中的に勉強したり……普段はできない何かに時間を費《つい》やすのだろう。

けれど俺は、ただただこの長い休みを持《も》て余《あま》す気しかしなかった。

そう、俺は大学生になって極端に増えた時間を上手に活用できないタイプなのだ。

「あー……どうすっかなぁ、夏休み」

講義が終わり、教室から生徒がぞろぞろと出ていく中、自席に腰を下ろしたまま宮前《みやまえ》昴《すばる》は深々と溜息《ためいき》を吐《つ》いた。

昴は俺の高校来の友達だ。最初に話したきっかけは同じ陸上部に入ったからという単純なものだったが、彼の、空に漂《ただよ》う雲のようなのびのびと自由気ままな性格が一緒にいて妙《みょう》に落ち着き、向こうも俺に何か感じたのかすぐに仲良くなった。

今ではすっかり親友と呼べる間柄《あいだがら》だ。そう口に出すのは少し恥ずかしいけれど。

「なぁ、求。お前、夏休みどうすんの。どっか旅行とか行くわけ……ハッ！　まさか彼女か！　彼女とイチャコラサッサッサか⁉」

「なんだよ、イチャコラサッサって。泥棒《どろぼう》みたいに」

突然テンションを上げる昴に俺はつい溜息を吐く。

「旅行なんか行く金ないし、そもそも彼女がいないし……ていうか昴、もう何度目だよコレ」

昴にはもう何度も俺に彼女がいないと伝えている。

何が悲しくて何度も……と思うのだけれど、なぜか最近、夏休みが近づくにつれてしつこく聞いてくるようになったのだ。彼女できたか、本当にいないのか、と。

「昴、俺に彼女いないかしつこく聞いてくるのは、お前が彼女自慢をしたいからじゃないだろうな」

「ええ⁉　俺が彼女自慢っ⁉　まっさかぁ！」

と、言いつつ声が弾んでいる。顔も情けなくだらっとなっているし。

昴には最近人生初の彼女ができた。

高校時代から暇《ひま》があれば彼女欲しい彼女欲しいと口にしていた、典型的なお調子者キャラの彼にちゃんと彼女ができるなんて、なんというか感慨深くもあるのだけれど、できたらできたで自慢がウザい。

昴は何か求めるように、目をキラキラと輝かせて俺を見てくる。

『お前なら俺が何を聞いてほしいか分かるだろ』とテレパシーが届きそうな主張の激しい視線に、俺はもう何度目かの溜息を吐いた。

「……昴、お前は夏休みどうすんの。彼女と一緒にすごすのか」

「おっま！　ばっか！　求このやろっ！　そんなこと聞くなよぉ～」

嬉《うれ》しそうに顔をだらけさせる昴。そしてそんな彼を感情を無にして見る俺。

「ま、まぁ？　菜々美《ななみ》ちゃんとは夏休み中どこか行こうって話はしてるけどさぁ！　どこがいいかなー？　やっぱ近場ですますべき？　いや、夏らしく海⁉　それとも思い切って泊まりで温泉とか行っちゃう⁉」

「知らねーよ……」

何を妄想してるのか、興奮で顔を赤くする昴に俺はつい引いてしまう。

昴の彼女、長谷部《はせべ》菜々美とは俺も面識がある。というか元々俺と必修の第二外国語が一緒で、そこで仲良くなったことをきっかけに昴とも面識ができたという関係だから、普通に友達で、なんというか……そういう彼氏彼女の話を聞くのはちょっとばかし気まずく感じてしまう。

「いきなり泊まりとか誘ったら、菜々美ちゃん引くかな⁉　なんかがっついてる感じがして！」

「知らねぇよ。聞けばいいだろ。そんで引かれろ」

「冷てぇな⁉　求、頼む、俺の代わりに聞いてくれよ⁉」

「はぁ？」

「だって俺が聞いてやらしい奴《やつ》って思われたら最悪フラれちゃうかもしれないだろ！」

「だからってどうして俺が長谷部さんに泊まりがけの温泉についてどう思うかなんて聞かなきゃいけないんだよ。向こうからしたら余計引くだろ」

「別にいいじゃん、お前菜々美ちゃんと付き合ってるわけじゃないんだし」

なんだよこいつ。頭お花畑なのか？

ついそんな辛辣《しんらつ》な感想を抱いてしまうくらいに今の昴はウザかった。

しかし、このままだと延々ねだり倒されそうなので、俺は強引に話題を変えることにした。

「ていうか昴。お前この間貸した５００円、いつ返すんだ？」

「へ？」

「いや、初耳みたいなリアクションされてますけど」

ちょうど１か月くらい前か。財布を家に忘れたとかなんとか言って騒ぐ昴に俺は５０

0円を貸していた。人目もはばからず騒ぎ立てるもんだから、無駄にこちらが焦《じ》らされたのをよく覚えている。

「まぁ、別に500円くらい無理に取り返そうとは思わないけどさ」

今も偶々《たまたま》思い出したから聞いただけで、現時点でそれほど金に困っていたわけでもない。

大学入学と共に一人暮らしを始めたこともあり裕福とはとても言えないが、ありがたいことに両親から仕送りを貰《もら》えているし、アルバイトもしている。特段金のかかる趣味もないし、それこそ昴のように『彼女とどこに出かけよう』なんて思い悩むこともないので、むしろ少しずつ貯《た》まっていっているまである。

この500円に関しては、昴相手に徴収《ちょうしゅう》する方がエネルギー消費が高そうだし、もうこのまま貸しっぱなしになってもいいんじゃないかとさえ思うくらいだ。

「ま、待て待て求！　もちろん覚えてるぞ！　500円、確かに借りたよ！　そしてまだ返してない！」

なぜか突然焦り出す昴。奇妙な反応だけれど、思い出したならいいのか……？

「けれどそっかぁ……500円……しまったなぁ……」

「昴？」

「500円なぁ……ちょうど昨日使っちゃって今手元にないんだよなぁ……」

「え、お前今500円も持ってないの」

ついドン引きする俺。こいつも一人暮らしなのに、そんなギリギリどころか今まさに崖《がけ》から転落中みたいな懐《ふところ》事情なわけ？

「いや、それにはちょっと語弊があるけど！　家賃とか、ケータイ代とか、色々……色々差っ引くとな、その、お金を返す余裕がないと申しますかぁ……」

「じゃあ別にいいよ、返さなくて」

「いやっ！　それでは男、宮前昴の名が廃《すた》る！　俺をここまで育ててくれた両親に顔向けできんっ！」

「じゃあそもそも借りんなよ」

ちなみに昴んちは結構裕福だ。家にも何度か遊びに行ったけれど、中々大きな家に住んでいて、つい一般サラリーマン家庭の我が家と比べてしまったものだけれど。

でも確かに顔向けできないだろうな。500円にヒーヒー言っている状況だと。

「ていうか昴、お前生活費とか家賃とか、全部親に出してもらってんだろ。今更500円くらい……」

「500円のために親へ頭を下げろと⁉　鬼なのか！　悪魔なのか⁉」

「い、いや、別にそこまでは言ってないから……！」

必死の形相で迫られ、すぐに言葉を訂正する。

なんで俺が責められてるのか分からないけれど……多分こいつもいっぱいいっぱいなんだろうな……。

「とにかく求、借金は必ず返す！　返すが……少しばかり待って欲しい」

「分かったよ」

「そうだよな、やっぱりすぐに返して欲しいよな……」

「いや、分かったって」

「お前がごねる気持ちもよく分かる！　ならば仕方がない！」

「聞けよ」

変なスイッチを入れてすっかり自分だけの世界に入り込んだ昴にはもう何を言っても無駄だった。

どうにも面倒臭いことを言い出しそうだなと思いつつ、無理やり止めたとしてどちらにしろ面倒臭くなるのはこれまでの経験から明らかなので、このまま泳がせることにする。

「返済を待ってもらう代わり、対価として借金のカタを差し出させてもらおう！」

「借金の、カタ？」

借金のカタ。即《すなわ》ち、担保。

いや、500円って借金のカタを差し出すほどの額か……？

「おい、昴。俺が貸したの500円だぞ」

「わーってるよ！　俺の命の代わりと言ってもいいほど大事なとびっきりのカタだ！

楽しみに覚悟してろよっ‼」

ああ、駄目だこいつ。ただ借金のカタという名目で何かを自慢したいだけだろう。

500円の対価に命の代わりを差し出すなんて、昴にしても間抜けすぎるし。

「……じゃあ楽しみに覚悟しておくよ」

そう俺が返し、会話は一段落だ。

まぁ、この借金のカタ云々《うんぬん》は勢い任せの馬鹿話だ。別段覚えておく必要のないものだろう……。

◇◇◇

「ハッ⁉」

「……？　先輩？」

今見てたのは何？　走馬灯？　いや、命の危機に瀕《ひん》したわけじゃない。

そ、そうだ。俺の家にやってきた女子高生の突拍子もない言葉に、俺は意識を吹っ飛ばされて……といってもものの数秒だろうけれど、でも、とにかく……。

「ええと、君」

「はい」

「宮前朱莉《あかり》ちゃん、だよね？　昴の妹さんの」

「……はいっ！」

ほんのちょっとだけ間を空《あ》けつつ、実に気持ちのいい満面の笑みで頷《うなず》く女子高生——朱莉ちゃん。

そう、彼女は先ほどまでの走馬灯の中で出てきた親友——いや悪友、宮前昴の実の妹なのだ。

「その、朱莉ちゃん？」

「はい。なんでしょうか、先輩」

「聞き間違いだったらそれでいいんだけどさ。さっきその……なんか、借金のカタがどうって」

「聞き間違いじゃないですよ。私、兄の借金のカタとしてここに来たんです」

「あ、そう、へぇ、うーん……？」

納得して、咀嚼《そしゃく》しようとして、しかし、結局できずについ頭を押さえる俺。

夏らしいセミの鳴き声が妙に頭に反響して聞こえる。そうだ、今はもう正午過ぎで、でも夏休みにかまけて惰眠《だみん》を貪《むさぼ》っていた俺はまだ寝起きで、あれこれ考えるには、まだ頭に酸素が回ってなくて——

「とりあえず、上がる？」

「あ……はい！　お邪魔しますっ！」

とりあえずの応急策として、彼女を家に上げることにした。

いや、だっていつまでも夏の炎天下に放っておくわけにもいかないし、部屋の前に女子高生を立たせておくなんて、ご近所さんに見られたらなんか変な誤解生みそうだし！

いやいや、借金のカタとか言っている女子高生を部屋に招き入れるってのはすごい事案っぽい響きだけれど!!

対する朱莉ちゃんは深々と頭を下げつつ、イヤそうでもツラそうでもなく、どこか安心したように深く息を吐いていたので、きっと彼女も大変なんだろうということは想像に難《かた》くなかった。

「えーと、麦茶でいい？」

「あ、おかまいなく……」

「構うよ、随分汗かいてるし」

駅からまぁまぁ距離があるし、歩いてくるだけでも相当暑かっただろう。汗で夏用のセーラー服の下がほんのり透《す》けてしまっているし。

ただその下には直で下着ではなく、キャミソール的なものを挟んでいるみたいなので、視線の置き場に困るという事態にはならなかったのは助かった。


とりあえず朱莉ちゃんにはクッションに座ってもらうよう案内しつつ、冷蔵庫に作っておいた麦茶をグラスに注《そそ》ぐ。あ、氷とかいれた方がいいのだろうか。

「あの、先輩」

クッションの上で丁寧《ていねい》に正座しながら、朱莉ちゃんが控えめに声を掛けてきた。

「差し出がましいお願いなのですが、その、砂糖があればいただけたら嬉しいな、と……」

そう言いつつ、顔を赤くして俯《うつむ》いてしまう朱莉ちゃん。

差し出がましいという言葉が示す通り、客の立場で注文をつけることが恥ずかしいと感じたのかもしれない。

にしても麦茶に対し砂糖を要求してくるのはまったく予想外だった。

「砂糖……スティックシュガーでもいいかな？」

「あ、全然大丈夫です！　ありがとうございますっ」

家でコーヒーを飲んでみようとしたときに買っておいて良かった。結局殆《ほとん》ど使うことはなかったけれど。

朱莉ちゃんは表情を和《やわ》らげつつ、スティックシュガーを受け取り、俺が出した麦茶の中に流し入れる。

「あー……冷たいとあまり溶けないかも」

「いえ、少し残ってる感じも好きなので。ふふっ、甘くて美味《おい》しいです」

砂糖入りの麦茶を飲んで、嬉しそうに微笑む。

そんな彼女の姿に妙に懐《なつ》かしさを感じたのは、麦茶に砂糖を入れるという飲み方が、俺が小学生の頃ちょっとしたブームになっていたからだろう。

確か、どこの家にも麦茶があって、友達同士で何か面白い飲み方はないかと試行錯誤したのが始まりだったと思う。

　朱莉ちゃんも似たような経験をしたのかもしれないな。俺はいつからか、砂糖入り麦茶は卒業してしまったけれど。

「えーっと、改めてだけど、久しぶり」

「はい、お久しぶりです、先輩。先輩の卒業式以来ですね」

　ローテーブルを挟んで向かい合うように床に座る俺に対し、朱莉ちゃんはそう、わざわざ姿勢を正し畏《かしこ》まる。

　にしても卒業式か……たった5か月前の話だけれど、既《すで》に懐かしい。

「先輩、覚えていらっしゃいますか？　卒業式の後、ご挨拶《あいさつ》させていただいて……」

「もちろん覚えてるよ」

　さすがに5か月前じゃ忘れない。昴と一緒にいたからだと思うけれど、わざわざ駆け足でやってきて、体温が上がったのか顔を赤くしていて……少し息を荒くしながら、思いきり緊張した様子で、それでもとびきりの笑顔で祝辞をくれたのはとても印象的だった。

　彼女は在校生で、卒業式の主役ではないはずなのに、まるでスポットライトを浴びているみたいに注目を集めていた。

「あの時は昴と友達でいて良かったって心底思ったよ」

「え、どういうことですか？」

「朱莉ちゃんみたいな人気者に祝辞を貰えるなんて滅多《めった》にないからね」

彼女は一個下だけれど、俺達の学年――いや、学校中で話題になるほどに有名人だった。

見た目の可愛《かわい》さもさることながら、性格も明るく、気品のようなものさえあって……

『本当にあの昴の妹なのか』と疑ったことは一度や二度じゃない。

「に、人気なんて、そんなことないです……」

朱莉ちゃんはそう言いつつ、顔を赤くして俯いてしまう。

しまった。人気だなんて面と向かって言われても、本人からすれば反応に困るのは当然だ。

「あ、ええと……麦茶、おかわりいる？」

「は、はい。よろしければ……」

「もちろん、よろしいよ」

ちょっと強引にだけど、無理やり話をぶった切り、空《から》になったグラスを受け取って席を立つ。

そしてキッチンで麦茶を入れ——不意にグラスの縁《ふち》に残った唇の跡が目に入った。口紅はつけていないみたいだけれど、リップクリームだろうか。結構くっきり跡が残っていて……。

（って、何考えてるんだ俺は！　相手は友達の妹だぞ⁉）

這《は》い上《あ》がってきた妙な感情が形になる前に、自らを叱咤《しった》し力ずくで押し込む。

いくら最近、昴に彼女がいないことをよく煽《あお》られたからって、その妹相手に変な感情を抱くなんて節操が無さすぎる。

（そういえば、こうして一人暮らしを始めてから家に女の子が来るのは初めて……いやいや、考えるな考えるな！）

考え出せば無限に湧《わ》いて出てきそうな感情に蓋《ふた》をしつつ、新たに麦茶を注いだグラスと、スティックシュガーを1本用意し、朱莉ちゃんの前に運ぶ。

「はい、どうぞ。それで、繰り返しになるかもしれないけれど、朱莉ちゃんはどうしてウチに？」

そしてすぐさま話題を切り替える。ようやく本命の話題、この状況についてだ。

「もちろん兄の借金のカタとしてですっ」

返ってきたのは、最初と同じ、冗談としか思えない返事だった。

実に気持ちのいい笑顔を浮かべる朱莉ちゃんからは、俺をからかっているような雰囲気はないけれど……。

「あのさ、色々ツッコみたいことはあるけれど、まず、俺が昴——君のお兄さんに貸してる額は把握してる？」

「はい、500円ですよね」

「あ、それはちゃんと把握してるんだ」

状況を正しく認識しているというのは大抵の場合良いことだけれど、こと今回においては微妙なところだ。

なぜなら今、朱莉ちゃんは自分で500円の借金の身代わりに差し出されたと認めていることになってしまう。即ち、彼女の価値が500円相当であると。

なんなの宮前さんちの金銭感覚。お金持ちなのに銭《せん》とか厘《りん》の貨幣価値が染みついてるの？

「たかが500円、ワンコインであってもお金の貸し借りであることには変わりません。お返しできないならたとえ身を差し出してでも筋を通す。それが世間の常識というものです」

「そんな大げさな……」

「大げさなんかじゃないです！　『一銭を笑う者は一銭に泣く』という言葉もあります。一銭は０・０１円ですから、５００円はその５万倍です。一銭を１回と換算した場合、５００円を軽んじれば５万回泣くという計算になります。そんなに泣いたら脱水症状で死んでしまいます！」

本気なのか冗談なのか……どちらにせよ中々の勢いではっきり言い切る朱莉ちゃん。

その目はやけに力強くギラギラしていて、生半可《なまはんか》な言葉では通用しない感じがする。

「そういうわけで先輩！」

「は、はい⁉」

「兄が脱水症状で倒れれば私はともかく両親はショックを受けると思います。両親を悲しませるのは嫌ですし、兄が借金を返すまで、私は喜んで先輩の物になります！　これはもう決定事項であり、天地がひっくり返っても覆《くつがえ》りません！」

「俺に意見する権利は──」

「ありませんっ‼」

「あ、ないんだ」

なんとなくそんな気がしていた。朱莉ちゃんも勢いで乗り切ってやれって感じだったし。

でも一応俺は債権者になるんだよな。ここまで発言力のない債権者とは一体……。

……などといった諦めと呆《あき》れが顔に出ていたのだろう。朱莉ちゃんは勢いを削《そ》がれたように、不安げに顔をうつむかせた。

「あの、先輩。あまり拒絶されてしまうと、さすがの私も傷つくといいますか……私、500円の価値も無いんですかね……？」

「い、いや、拒絶とかそういうんじゃなくて……そもそも人に値段なんてつけられないから！」

「そうは言いますが先輩。勤労なりなんなり、自分の時間と身体《からだ》を売って対価を得るのが現代社会のシステムです。スマイル0円なんて言葉もありますが、そのスマイルにも時給は発生しているんです！」

「身もふたもないな……」

「と、りっちゃんが言ってました」

「誰⁉」

「某ファストフードでアルバイトをしている私の友達です。……あれ？　もうやめたんでしたっけ？」

「俺に聞かれてもっ！」

そのりっちゃんとやらが何者かは知らないけれど、おそらく彼女が言いたいのは、この借金のカタ云々はアルバイトとほぼ同意ということなのだろう。食事代を払えない客が代わりに皿洗いして許してもらう的な。

「ですので先輩。どうぞなんなりと私を使ってください。その……先輩になら私、どんなことでも受け入れる覚悟ですのでっ」

「いや、その悲痛な覚悟はどこからくるのさ……⁉」

「悲痛、ではないと思いますが……」

そう首を傾《かし》げる朱莉ちゃん。どんなことでも受け入れると身を差し出すことは結構悲痛な覚悟がいると思うけれど……。

なんであれ、友達の妹を長々と部屋に置いておくのは精神的にもあまりよろしくない。借金のカタだなんだと口にさせ続けるのも忍びないし、ここは彼女の言うことに従い、サクッと500円分働いてもらって、早々に昴の借金をチャラにするという方向でいこう。

「分かった、それじゃあ朱莉ちゃん」

「は、はいっ！」

朱莉ちゃんは肩を跳ねさせ、緊張するような面持ちでこちらを見てくる。もしかしなくても、俺が変なお願いをすると思われてるのだろうか。なんだかちょっとショックだ。

でも実際、何をお願いしたらいいのか……正直いきなりすぎて何も頭に浮かんでこない。

実はこれらすべてが昴の仕掛けたドッキリで、どこかのタイミングでカメラを持ったあいつが部屋に入ってくるなんてこともあるかもしれないけれど、このどう受け止めればいいのか分からない状況が解決するなら、正直なんでもいいと思える。

決して朱莉ちゃんが一緒にいるのがつらく感じるほど嫌いというわけじゃない。むしろ知らないわりに好感を抱いている方だ。兄想いのいい子だし。

ただ、その兄想いが、５００円の借金のカタになるほどのものだとは思いもしなかったというか……。

いや、今はとにかく何か、双方が『これぞ５００円分の働きである』と納得できるようなお願いをして、この件に決着をつけるのが先決だ。それが互いのためだろう。

「よし、決めた。朱莉ちゃん、どんなことでもって言ったよね」

「っ……！　も、もちろんです……！！」

「それじゃあ……部屋の掃除でもお願いしようかな」

「…………はい？」

なぜか反応が返ってくるまでに妙な間があった。

女子高生に一人暮らしする男の部屋を掃除させるというのは中々酷《こく》とは思いつつ、こういう状況での依頼内容としては結構ベタなものなんじゃないだろうか。

ただ、朱莉ちゃんは軽蔑《けいべつ》するでもあっさり受け入れるでもなく、どこか呆れたような、がっかりしたような反応を見せる。

「あの、先輩。掃除と仰《おっしゃ》いましたか」

「う、うん」

「先輩の、ではなく、この部屋の？」

「俺の……？　いや、仰る通りこの部屋の」

「はぁー……」

あからさまな溜息を吐かれた⁉

「……分かりました。確かに、急《せ》いては事を仕損《しそん》じるとも言いますし、私も心の準備ができていないというか、なんというか、ですし」

「朱莉ちゃん？　ごめん、やっぱり掃除は嫌だった？　だったら別の――」

「いいえ、そんなことはありません！　掃除は私が得意とするものの一つですし、こういうところでしっかりポイントを稼ぐのも大切だと思うので……精一杯やらせていただきます！」

そう張り切るように、朱莉ちゃんは深々と頷いた。

ポイントを稼ぐなんて言っているけれど、借金はたかだか５００円だ。

時給換算したらいくらになるかは分からないけれど、低めに見積もったとしても１時間かからずに返済は完了するだろう。

そんなこんなで１時間後。

「ふぅ……こんなところでしょうか」

朱莉ちゃんが満足げな笑顔を浮かべつつ、額の汗を拭《ぬぐ》う。

元々一人暮らしを始めたばかりで物も少なく、あまり汚れているとは思っていなかったけれど、それでもはっきりビフォーアフターが見えるくらいに部屋は綺麗《きれい》になっていた。

不思議と部屋全体が輝いて見える。

「どうでしょう、先輩！」

得意げな笑みを浮かべ、腰に手を当て胸を張る朱莉ちゃん。掃除のためにセーラー服の上からエプロンをつけた姿は、随分と様になっている。

「凄いな……引っ越してきた時より綺麗に見えるよ」

「ふふっ、良かったです」

朱莉ちゃんは嬉しそうに微笑みつつ、掃除道具をそれぞれ入っていたケースに戻し、持参したリュックにしまう。

そう、今回の掃除道具は全て朱莉ちゃんが持参したものだ。コンパクトに持ち運べるものではあるが、それでもわざわざ持ってくるというのは、なんというか気合いのほどを感じさせる。

評判通り、真面目《まじめ》な子なのだろう。なんだか余計に申し訳なく感じてしまう。

「ではこれから毎日お掃除しますねっ」

「毎日⁉　い、いや、それは遠慮しとこうかな……？」

正直、今の仕事量や質的に500円を遥《はる》かに上回る価値がありそうなのに、それを毎日なんてなれば今度は俺の方が借金する必要が出てくる。

それに仮に代金を加味しなかったとしても、毎日なんて物理的に無理だ。

朱莉ちゃんの家は当然昴の実家で、新幹線を使ってくるくらいの距離がある。なんたって俺の実家の隣町だし……だからこそ、彼女がここにいるというインパクトも凄《すさ》まじく大きいのだけれど。

「遠慮しないでください。なんたって私は先輩の物なわけですから。いくらでもこき使っていただいていいんですよ？」

「だから物って……いや、でもそれはもう大丈夫。ほら、今働いてもらった分で５００円以上の価値はあったと思うし。借金返済ってことでいいんじゃないかな？」

「何を言っているんですか先輩。これっぽっちも返済完了なんかじゃないですよ」

なぜか朱莉ちゃんは呆れたように溜息を吐いた。

「いいですか、先輩。まずこの部屋の家賃ですが、確か管理費込みで７万円でしたね」

「え、なんで知って――ああ、昴か」

「７万円を月30日で割ると、１日当たり約２３００円の負担になります。仮に先ほどの掃除１時間が時給１０００円だったとしましょう。それで家賃分を打ち消したとしても、まだ１０００円足りません」

「あの、家賃は俺が支払ってるんだし、朱莉ちゃんが働いた分は関係ないんじゃあないかな……」

「もう先輩。話の腰を折らないでくださいっ。じゃあ折半《せっぱん》ということでいいです。ただ、2300円を2で割っても1150円なので、足りないことに変わりはないですが」

なぜか怒られた俺だが、やっぱり朱莉ちゃんの言っていることは分からない。

仮に彼女に家賃負担が発生するとして、でもそれは彼女もここに住んでないと成立しないんじゃや……？

「さて、先輩。ここまで聞いて、私がさらに1時間お仕事をして1000円を獲得すれば、500円の借金は問題なく完済される……そう思ったかもしれません」

「ごめん。その前の家賃の話で止まってるんだけど」

「ですが、追加の1時間どころか、一般的な1日あたりの勤労時間――8時間働いたとしても、全然借金完済には届かないのです！」

「あ、進むんだ」

俺の言葉が聞こえていないみたいに、朱莉ちゃんは声高らかに叫んだ。

まるで街頭演説する政治家のような力強さだ。

「なぜなら額に汗し8000円を稼いでも、それらは家賃以外に光熱費とか水道料金とかそういった諸々《もろもろ》で消失してしまうのですから!!」

「いやそんなにかからないよ⁉」

「でも、先輩。私、毎日スマホ充電したいですし……」

「その程度微々たるもんだわ！」

そんなゴリゴリとインフラに金を取られていたら、今頃この国には誰ひとり残っていないだろう。

いくらそれがないと生活が成り立たないとはいえ、足元を見られすぎだ……って、あれ？

さっきから家賃とか、毎日とか、何か大事なことを見落としているような……？

「ま、まぁ、家賃とか光熱費などにかかわらずですね、人は生きていれば何かしらコストがかかるものなんです。それに今日から先輩の家に住まわしていただくわけですし、先輩の精神的負担を鑑《かんが》みれば慰謝料的な意味で──」

「ちょ、ちょっと待って⁉　住む⁉　今日からここに住むって言ったの⁉」

「はい、そうですよ？」

何を当たり前のことを今更、といった感じで首を傾げる朱莉ちゃん。いやいやいや⁉

「そんなの聞いてないっていうか、どうしてそんな話に⁉」

「え、だって私は借金のカタですし、先輩の物ですし、お傍《そば》にいないとご奉仕《ほうし》できないじゃないですか」

「……仮にその、借金のカタってのを認めるにしたって、朱莉ちゃんはてっきり昴の家に行くと思ってたんだけど」

「それは無理です。兄は今日から裁判行っているらしいので」

「裁判⁉」

あいつ、とうとう何かやらかしたのか。そりゃあ500円の返済どころじゃないな……。

「あ、すみません。ちょっと噛《か》んじゃいました。サイパンです。サイパン」

「サイパンって、あの……？」

「北マリアナ諸島のサイパンですね」

「あのボンボン……！　サイパン行くなら全然金返す余裕あるだろ……⁉」

しかも温泉旅行がどうとかで悩んでいたくせに、いきなり海外旅行とか！

「とにかくそういうわけですので、先輩に追い出されてしまったら私は行く当てを失い、外の世界を彷徨《さまよ》うこととなってしまいます。両親にもオープンキャンパスに行くついでに兄のところで勉強を教えてもらうと言ってしまっていますし」

「でもサイパンに行ってるんだよね」

「そうですね」

つまり両親に嘘を吐いて来ていることになる。それほどなのか、借金のカタって。

「あの、先輩。やっぱり駄目でしょうか……？」

「う……！」

さっきまで澄《す》ましていたかと思えば、急に不安になってきたのか控え目に、上目遣《うわめづか》いで聞いてくる朱莉ちゃん。

色々腑《ふ》に落ちないことはあるが、まったく知らないわけでもない友達の妹を外に放り出し知らんぷりというのはさすがにできない。

仮に放り出したとして、すぐに罪悪感と心配で気が気じゃなくなるだろう。

とはいえ、いくら友達の妹とはいえ、異性の、それもこんな美少女を泊めるなんて、もしも万が一の間違いでも起きてしまったら――

ああ、なんだか頭がぐるぐるしてきた。

このまま流されてしまったほうがいいだろうか。いや、でも、そう簡単にすませていい話じゃない。

そんな風に思考を行ったり来たりさせていると、突然部屋の中にピンポーンと軽快なチャイム音が響いた。

「あっ、来ましたね」

俺よりも早く朱莉ちゃんが反応し、そのまま玄関の方に行ってしまう。え、何⁉

「ふぅ、やっと届きましたー」

玄関でのやり取りを終え、帰ってきた朱莉ちゃんは旅行に持っていくような大きなトランクケースを持っていた。

「あ、朱莉ちゃん、それって――」

「はい、着替えとか、お泊まりに必要な諸々です。さすがにずっと制服のままでいるわけにはいきませんし」

どうやら完全に泊まる前提で、予《あらかじ》め宅配便を使い荷物を発送していたらしい。

ずいぶんと用意周到で……って、あれ？　これ、着々と外堀埋められてる……？

「それと……」

部屋にトランクを置き、再び玄関に向かう朱莉ちゃん。そして帰ってきた彼女が抱えていたのは――

「お布団ですっ！」

「布団⁉」

「さすがにずっと床で寝るのは気を遣わせちゃうと思ったので、購入しました」

「いや当たり前のように言うけれど！」

「ああ、ご心配なさらず。このお布団代は必要経費ですので借金には影響しません」

「心配というか、絶対500円以上してるよね⁉」

「でも二〇リですし……」

「二〇リだから何⁉」

「お値段以上なので実質プラマイゼロですっ！」

この子、本当にしっかり者と評判の宮前朱莉ちゃん本人なのか？　双子の姉妹とかじゃないよな？

さも当然のようにドヤ顔を浮かべて言い切る朱莉ちゃんに、俺はそんな失礼な感想を抱かずにはいられなかった。


とはいえ、着替えに諸々のお泊まりセット、そしてわざわざ購入された布団が目の前にあるのは紛《まぎ》れもない事実だ。

怒濤《どとう》の展開で急速に埋められた外堀は、埋められすぎて逆に山のようにそびえ立ち、俺の逃げ道を完全に塞《ふさ》いでいた。

「そういうわけで先輩っ」

そしてそれを見事に成した朱莉ちゃんは、今日一の笑顔を浮かべつつ、俺に向き合った。

「今日からどうぞよろしくお願いしますっ！」

「……ちなみにいつまで泊まる予定……？」

なんだかもう抵抗する気も削がれてしまって、そんな降伏宣言にも等しい質問をする。

まだ昼過ぎだというのに、なんだかすごい疲労感だ。

「もちろん兄の借金問題にケリがつくまで……それか、私の目的が果たされるまでです」

「朱莉ちゃんの、目的……？」

「内容は秘密です。まぁ、果たせたらその時はお伝えするというか、嫌でも分かるというか……えへへ」

朱莉ちゃんは照れくさそうに頰《ほお》をかく。いや、まったく分からない。

「どちらにせよ、夏休み中には決着をつけたいと思っています！」

「そ、そう」

夏休み中……高校生の夏休みでも約1か月ある。長い。

1か月も彼女と一つ屋根の下で暮らし続けて、果たして理性を保《たも》てるだろうか。

彼女も俺をそういうことしないって踏んでいるからこうして単身で乗り込んできているんだと思うんだけど、いや、でも、俺だってそういう経験が皆無とはいえちゃんと男であるわけで。

「これは本気で取り立てた方がいいな……」

「ふふっ、そう焦らず。気長にいきましょう、先輩」

そう微笑む朱莉ちゃんは、まるでこれからの暮らしにワクワクしているように思えた。

彼女が人見知りしない、明るい性格なおかげで気まずさはないけれど、とはいえ——

「ふぅ、なんだかいっぱい喋《しゃべ》ったら喉《のど》が渇《かわ》いちゃいました」

ちょっと自由過ぎる感じもする。まぁ、自由さに関しては彼女の兄のおかげで慣れているけれど。

「はいはい、お茶のおかわり出しますよ」

「えへへ、ありがとうございますっ」

先ほどよりも随分と重くなった腰をなんとか上げ、キッチンで空になったグラスに麦茶を入れる。今度は自分の分も含めて、2つ。

朱莉ちゃんの要望通り、彼女の分には砂糖を入れて——なんとなく、自分のものにも入れてみる。

「う……うん。やっぱり、甘い」

その味は妙に懐かしく、しかしあの頃よりもずっと甘い感じがした。

第2話 友人の妹の手料理に舌鼓を打つ話

「あっ！　洗い物、私がやりますねっ」

空《から》になった2つのグラスを取り、朱莉《あかり》ちゃんが立ち上がる。

彼女はご機嫌そうに鼻歌を奏《かな》でつつ、掃除の際に束《たば》ねていたポニーテールをひょこひょこ揺らしながらキッチンに消える。

まぁ、キッチンといっても一人暮らしらしい、居間から扉1枚隔てただけの、通路に併設《へいせつ》された簡素なものだけど。

しかし、なんというか、改めて考えてもこの状況には中々慣れられる気がしない。

大学に入って、そして一人暮らしを始めてかれこれ4か月程度が経《た》つけれど、これまで俺の部屋を訪れたのは野郎ばかりで、女子だと今回——朱莉ちゃんが初めてだ。

ああ、だめだ。自覚すると余計に緊張してしまう。

高校時代まで遡《さかのぼ》ってみても、女子の友達はそれなりにいたけれど、彼女ができたことはない。当然告白したことも、されたこともなくて……そういう恋愛的なイベントには一切縁のない学園生活だった。

むしろ、委員会で一緒になった子とかも、ちょっと仕事の話を振っただけで逃げられたりしたこともあったくらいだし……。

中学まで戻るともっと悲惨だ。ひたすら部活に打ち込んでいた記憶しかない。仲良くなった女子は後輩のマネージャーくらいか。

関わりが多かった分彼女はよく懐《なつ》いてくれていたけれど、男女の仲というより妹がいたらこんな感じなんだろうなといった距離感だったので経験にはカウントしづらい。

そんなわけでおよそ青春というものを謳歌《おうか》してこなかった俺が、こんな手狭な部屋で年下の女の子と二人きりで寝食を共にするというのは、どうにも難易度が高くないだろうか。

しかも――いや、なんだか顔で人を判断しているみたいになってしまうけれど、とても無視できない大事な要素として――宮前《みやまえ》朱莉は美少女だ。

一つ年下の高校生を子どもと表現していいのかは微妙なところだけれど、少し幼い雰囲気もある〝可愛《かわい》い〟と〝美しい〟の丁度中間の魅力を放っている。

スタイルもいい。セーラー服の上からでもしっかり胸のふくらみが分かるし、そのふくらみによって吊《つ》り上《あ》げられているせいか、たまに腰の辺りが露《あら》わになる。一応キャミソールに隠れてはいるものの、ウエストがキュッと引き締まっているのは分かる——

「って、なにまじまじと分析しちゃってるんだ俺は⁉」

頭の中に浮かんでいた朱莉ちゃんの姿を、首を振って強制的にかき消す。

彼女が美少女ということは今更考え直すまでもない。高校生当時、学年の壁を超えて彼女の評判はよく耳にしたものだ。

……そういえば、高校二年くらいから昴《すばる》が週に二、三度程度、弁当を忘れることがあって、その度に朱莉ちゃんがわざわざ昼休みに俺達の教室まで届けに来ていたことを思い出した。

当然俺達のクラスにも朱莉ちゃんのファンは多かった。それも男女問わずだ。

朱莉ちゃんは礼儀正しく、教室に来るたびにわざわざ俺にも挨拶してくれて……まぁ、俺が毎日昴と昼飯を食ってたから無視できないというのも大きかったと思うけれど。

正直役得と思わないわけでもなかった。何度見ても飽《あ》きない美少女だったし、毎度健《けな》気《げ》に弁当を届けに来る姿には、大変だと思いつつも兄想いの良い子だとほっこりさせられたものだ。

そう、彼女は兄想いの良い子なのだ。

今回の借金のカタという話だって、その兄想いが行き過ぎた結果かもしれない。

先輩の教室なんて中々行きづらいだろうに、毎回健気に弁当を持ってきていた姿を思い出してしまった今、それ以上に来づらかっただろう俺の家までわざわざやってきた彼女を無下に突っぱねるのは心が痛んでできそうにない。

ていうか、昴のやつ。なんで借金のカタに妹差し出してるんだよ。鬼畜かあの野郎。

次会ったらぶん殴《なぐ》ってやる。

しかもたった５００円。いや、それが１０００円とか１００００円だったらなんて、そういう話でもないけれど……せめて俺の罪悪感が多少なりとも薄れる程度には借りてて欲しかった……!!

「……はぁ」

「はぐっ⁉」

不意に温かな何かが耳元をくすぐってきて、思わず変な声を上げてしまう。

反射的にそちらを見ると——なぜか超至近距離に朱莉ちゃんの顔があった。え、なに、なにごと。

「わ、わわ、わっ！」

朱莉ちゃんは目を丸くし、顔を真っ赤に染めつつよろよろと後退《あとずさ》り、足をもつれさせて尻もちをついてしまった。

「だ、大丈夫⁉」

「す、すみません……なんだか、考え事をしているみたいだったので、その、お声がけしていいのか分からなくて」

だから吐息が触れるほどの至近距離で見ていた、ということだろうか。

正直全く気が付かなかった。それだけ考えに没頭していたということだろうけれど、にしてもその考えていた内容が朱莉ちゃん本人のことだから余計に気まずい。

「あ、洗い物が終わったので、次なにしたらいいかなぁと聞こうと思いまして……」

「あーえっと、そんなに色々やらなくていいよ。少し休んだら？」

「そう……ですね。あまり焦っても良くないですよね。時間はたっぷりあるんですし」

朱莉ちゃんは顎《あご》に手を当て、納得するように頷く。そして、

「なんたって、これから一緒に暮らすわけですし！」

「一緒に暮らす……ま、まぁ、そうなんだけどね……」

はっきり言われるとつい腰が引けてしまう。

ていうか、どうして朱莉ちゃんはこんなにポジティブな笑顔を浮かべられるんだろう。

やっぱりあれか。部屋の隅《すみ》に置かれたトランクケースと二〇リの布団がそうさせているんだろうか。確かにバックにあんなのがついてるんじゃ、お泊まりだって。

特に後者は新品のくせに歴戦の猛者《もさ》を思わせる存在感、覇気を放っている。さすがお値段以上と自ら言うだけのことはある。

「あ、先輩。そういえばなんですが」

「なに？」

「冷蔵庫、ほとんど空っぽだったんですが……」

言外に、「何か悪いことでもありました？」みたいな、気遣《きづか》うような視線を送ってくる朱莉ちゃん。

……なぜだろう。特に責められてる感じはないのに、変に恥ずかしく感じてしまう。

彼女の言う通り、俺の家の冷蔵庫はほとんど物が入っていない。

わざわざ一人暮らしを始める時に家電量販店まで行って選んだ2ドアの冷蔵庫くんは、

それこそ最初の頃は自炊用の食材がいくらか詰まってはいたのだ。自炊用の……。

「先輩、自炊されないんですか」

おっと、朱莉ちゃんの口調がほんのちょっぴり責める感じになった気がする。いや、もしかしたら俺の被害妄想かもしれないけれど。

「普段どういう食事をされてるんですか？」

「ええと……主にコンビニ弁当とか？」

「はぁー……」

あからさまに大きな溜息《ためいき》を吐《つ》かれた！

「先輩、そんな食生活じゃだめですよ」

「いや、でも最近のコンビニ弁当も案外美味《おい》しくて――」

「味のことじゃありません。栄養のことを言っているんですっ」

まるで聞き分けの悪い子どもを叱るように、強く否定されてしまう。正直ぐうの音も出ない。

親にも電話のたびに『ちゃんとしたものを食べてるか』と心配されているし……。

「いいですか先輩。ちゃんとしたものを食べないと、今は良くても10年後、20年後と、今を疎《おろそ》かにした代償は必ず来てしまうんですっ！　若く元気な時だからこそ、ちゃんとした食生活を送らなくては！」

ぐっと拳《こぶし》を握り、力強く演説する朱莉ちゃん。なんだか妙に説得力がある。

「く、詳しいね？」

「はい、勉強してますから！」

そう言う朱莉ちゃんの目は自信に輝いていて――とても、『料理をしない一番の理由は後片付けが面倒だから～』なんて情けない理由を言える雰囲気じゃない。

「ですが、毎日自炊というのは中々ハードルが高いのも確かです。作るだけならいざ知らず、後片付けは面倒ですからね」

「な……どうして理由まで⁉　まさか朱莉ちゃん、俺の思考を読んで……⁉」

「顔に出てました」

確かに情けなさから目を逸《そ》らしはしたけれど、ピタリと言い当てられるのは……いや、案外ありふれた悩みなのかもしれない。

だらしないところを年下の女の子に見破られ、気恥ずかしい気分になる俺に対し、朱莉ちゃんはどこか慈愛を感じさせる温かな微笑《ほほえ》みを向けてくる。

「大丈夫です、先輩。今日からは私が栄養たっぷりで美味しいご飯を用意しますからっ」

「え、朱莉ちゃんが？」

「任せてください。これでも結構料理は得意なんですよ。兄のお弁当だって私が作ってたんですから！」

それは知ってる。散々昴から自慢されたから。

確かに昴の弁当はいつも彩り豊かで凄《すご》く美味しそうだった。でも——

「あれ？　先輩、兄とおかず交換したこととかないですか？」

「うん。あいつ、自慢するだけして絶対に中身を分けたりはしなかったんだ。妹の手作りは兄である俺だけのものだーっとか言って」

「あの馬鹿兄……!!」

あれ、朱莉ちゃんの口から昴に対する呪詛《じゅそ》のようなものが……？

凄く小さな声だったから聞き間違いだったかもしれないけれど。

「……分かりました。それじゃあ先輩は私の料理の腕なんかまったく知らないということですね」

「なんかって言い方は違う気がするけど……」

「いいえ、なんかはなんかです。でも俄然《がぜん》燃えてきました」

朱莉ちゃんは目をギラギラと光らせ、不敵な笑みを浮かべる。

なんだろう、今の会話で何か火がついたらしい。

「そうと決まれば先輩っ！　行きましょう！」

「え、行くって？」

「当然、食材を買いにです！　先輩にはしっかり私の手料理を堪能《たんのう》していただき、私という存在がどれだけ先輩にとって有用であるか、身を以《も》って知っていただきます！」

◇◇◇

というわけで、俺達は近所にある、そこそこ大きめなスーパーにやってきた。

全国展開されている、安さと品ぞろえを売りにした学生の懐事情にも優しい店だが、俺がここを利用するのは実に三月ほどぶりとなる。

早々に自炊を投げ出した俺には徒歩5分の距離にコンビニがあれば十分だし、調理されるのを待つ食材がどっさり並んでいるスーパーに入るのはなんだか妙な後ろめたさを感じさせるのだ。

「さぁて、何を作ろっかなぁ～」

料理が得意ということや、彼女の家が裕福ということもあり、庶民派のスーパーに連れてきたら嫌な顔されるかも……とほんの少し心配していたけれどそれは懸念だったようで、むしろ朱莉ちゃんはご機嫌そうに鼻歌を奏でつつ店内を物色していた。

そんな彼女は着てきたセーラー服から、Tシャツ&ショートパンツというカジュアルでクールビズな服装に着替えていた。まぁ、夏服とはいえ暑いだろうからなぁ。だったらなんで着てきたんだという話だけれど——

「そりゃあ、高校生というブランドは大切にしたいじゃないですかっ」

とのことらしい。よく分からな……くない。

大学生になった今は特に思う。失ってから気付く高校生の魅力というものを。

まぁでも、セーラー服を脱いだからといって、それで朱莉ちゃんの魅力が損《そこ》なわれるかといえば全くそんなことはなく、二の腕や太ももを惜しげなく晒《さら》した夏らしい薄着は実に健康的でよろしい。

当然、朱莉ちゃんが着替えている最中は外に出て待っていたのだけれど、部屋から出てきた朱莉ちゃんの姿を見た時、つい一瞬言葉を失ってしまったくらいに、やはり美少女は美少女だった。

夏の暑さも吹っ飛……びはしないか、さすがに。アプリの天気予報によれば今日は雲一つない快晴で、最高気温は35度を超えるとか。やだなぁもう。

俺はスーパーに来るまでの熱気と、反対にクーラーのよく効いた店内の温度差にやられて中々の気怠《けだる》さを感じていたが、朱莉ちゃんにはそんな様子は見られない。これが若さというものか。

「先輩、突然ですがクイズですっ」

「本当に突然だね」

「一人暮らしの男性に最も足りていないものはなんでしょう！」

「ええ……？」

一人暮らしの男性に最も足りないもの？

すぐにパッと浮かんだのはお金、マネーだ。けれどそれは男性に限ったことじゃない。むしろ色々ズボラにすませられる男性より、化粧とか諸々《もろもろ》の消費が多い女性の方が大変だというし、男性と限定されたクイズの回答にはならないだろう。

となれば……話の流れ的に料理関係のことか？　男に足りないもの、足りないもの――

「……野菜？」

と、口にしてみれば中々悪くないんじゃないかと思えた。

というのも朱莉ちゃんの兄である昴は大の野菜嫌いだ。草を食べるという感覚が駄目らしい。

きっと一人暮らしになってからは偏食を爆発させているだろうし、朱莉ちゃんもそんな彼を男性代表として見てきた筈《はず》。

となれば男性に野菜嫌いという偏見がついていてもおかしくは――

「ぶっぶー。不正解ですー」

……普通に間違ってた。恥ずかしい。

「正解は……ズバリ、女の子の手料理ですっ！」

「そんな答え有り⁉」

男の一人暮らしだろ⁉　そんなの不足するに決まってる！

「念のために聞くけど、その情報は一体どこから引っ張ってきたものなんだ……？」

「私の勝手な印象ですっ」

「本当に勝手だね⁉」

その勝手な印象は非モテ男子に刺さる……深く刺さる……！

「でも、あながち間違いじゃないと思うんです。もしかしたら女の子の手料理成分が不足した先輩はそう遠くない内に死に至ってしまうかもしれません」

「至らないから！　仮に至ったとしても全く別の理由だから！」

俺が今生きているのがその証拠である。とは、さすがに悲しくて口にできないけれど。

いや、本当に、友達の妹に非モテアピールするとか前世でどんな業《ごう》を積んだら起きるイベントなんだろうか。

「でも安心してくださいっ。ほら、今先輩の目の前にはピチピチの女の子がいらっしゃいますでしょう？」

「自分にいらっしゃいますなんていう？」

「私が先輩に手料理を振る舞うことで先輩は不足している女の子の手料理成分を摂取《せっしゅ》でき、そして私は私という存在がいかに先輩にとって有用なものか証明できる……これがウィンウィンというやつですねっ！」

朱莉ちゃんは本気とも冗談ともつかない口調でそんなことを言いながら、慣れた手つきでショッピングカートに野菜やらなんやら、様々な食材を入れていく。

「ああ、先輩。ご心配なく。先輩の好き嫌いはしっかり兄を通して熟知していますから」

昴のやつ、そんなことまで教えてたのか。

「戦いは戦いが始まる前に始まってるんです」

「なんか大げさだなぁ」

「大げさなんかじゃありませんっ。小学校の卒業文集で、将来の夢の欄にお嫁さんと書いて以来最強のお嫁さんを目指してきた私にとって、キッチンやスーパーは戦場そのものですから。これは先輩をお世話する者として避けて通れない、胃袋をがっちり攻め落とすための戦《いくさ》なのですっ！」

「胃袋を攻め落とす⁉」

「ふふふ、覚悟していてくださいね、先輩」

最後、少し意地悪に見える笑みを浮かべた朱莉ちゃんを見て、俺は「ああ、小悪魔ってこういう子のことを指すんだろうな」と、しみじみ思うのだった。

◇◇◇

「よーしっ！　それじゃあさっそくご飯の準備始めますねー！」

スーパーから帰ってすぐ、朱莉ちゃんは自前のエプロンを纏《まと》うとすぐさまキッチンに立った。

スーパーからそこそこの距離を、そこそこ重い荷物を持って歩いてきたというのに随分元気だ。

「ちなみに先輩、何を作ると思います？」

「……カレー？」

「ピンポンピンポン、正解です！　まさか言い当てられるなんて！　先輩、もしかして私の考えていることが読めてたりします？　それとも以心伝心に繋《つな》がっちゃってるとか……⁉　きゃーっ！」

「いや、だってカレールー買ってたし」

食材費は俺の財布から出しているので、当然何を買ったかは把握している。

他に買ったのもニンジンや玉ねぎ、ジャガイモ、豚肉と、いかにもカレーを作りますと宣言しているようなものだ。

あと米も買った。５キロ。メチャクチャ重かった。

「でも、先輩。カレールーを買ったからといってカレーを作るとは限りませんよ？」

「え、そうなの？」

「はい、例えば…………」

顎に手を当て、宙を眺《なが》めること数秒。

「さっ！　それでは早速調理に取り掛かりましょう！」

「誤魔化したっ⁉」

朱莉ちゃんは自分で広げた会話を強引に畳む。まぁ、さっき自分で正解って言ってたからなぁ。

「べ、別に誤魔化すとかじゃないですし。先輩、あまり細かいことを気にする男性はモテませんよ？」

「細かいことかな……？」

「あっ、でもそれだったら細かいことをたくさん気にしていただいて、モテてもらわない方がいいかも……？」

「いや、良くはないでしょ」

現状モテてないし、モテたいという願望があるわけじゃないけれど、でも、モテない方がいいと言われると否定したくなる。

ただ、やっぱりモテていないのは事実なので、否定しても虚《むな》しくなるだけだった。

「さて先輩。それじゃあ支度《したく》しますので、どうぞ気にせずごゆるりとくつろいで待っていてください」

「えっ、待ってるだけは悪いし手伝うよ」

「手伝う……⁉　それって、いわゆる共同作業……い、いえ、その申し出は大変魅力的ですが、その、緊張で手元が狂ったりしたら危ないですし……」

朱莉ちゃんはそう、途中ぶつぶつと独《ひと》り言《ごと》を混ぜつつ、手で顔を覆うように隠しながらまごまごと言う。

「それに、その……料理しているところを見られるの、恥ずかしくて。私はただ、先輩に美味しいって言ってもらえれば、それでいいので……」

「……そっか。それじゃあ、楽しみに待たせてもらうよ」

「は、はいっ！　先輩の度肝《どぎも》を抜いてあげますよっ！」

「あはは……お手柔らかに」

胃袋の次は肝かぁ……やはり臓器は狙われる定めらしい。

なんて冗談はさておき、料理に関しては朱莉ちゃんに全部任せることにした。

ここは確かに俺の家で朱莉ちゃんはお客さんではあるが、どちらがキッチンに立つに相応《ふさわ》しいかは考えるまでもない。

俺にできるのは、少しでも彼女がやりやすいように……。

◇◇◇

「じゃーん！　朱莉ちゃん特製トマトカレーですっ！」

「おおっ……！」

待つこと1時間ほど。

暫《しばら》く使っていなかった皿によそわれた、少し赤みを帯びたカレーライスに俺はついつい感嘆の声を上げた。

久々に稼働した炊飯器によって炊かれた、てらてらに輝く米は勿論《もちろん》のこと、その上に乗った赤みを帯びたカレールーが何とも……アッ、いい香り……！

「控え目に言っても美味《うま》そうだな……」

「えへへ……ささっ、先輩、冷めない内にどうぞっ！」

照れくさそうにはにかみつつ、そう促《うなが》してくる朱莉ちゃんに頷き、スプーンの上に小さなカレーライスを作るように掬《すく》いあげ、口に運ぶ。

「んむっ⁉」

瞬間、口の中に広がるスパイスの辛みと溶けだした肉の旨味《うまみ》、そしてトマトの酸味ッ！

美味い。それ以外には言い表しようのないくらい、美味い！

それこそここ最近で一番の食体験かもしれない。思えば朝起きてから夕日が差す今まで、飲み物くらいしか口にしていなかったからなぁ……。

朱莉ちゃんと話していて退屈しなかったおかげで空腹を強く感じることはなかったけ

れど、それでも『空腹は一番のスパイス』と言うだけあって、とにかく美味い。

もちろん、それを差し引いても中々に絶品だけれど。

「これ、滅茶苦茶美味いよっ！」

もうそんな、小学生レベルの感想しか言えなくなるくらい美味かった。

「ほ、本当ですか？　良かったぁ……でも、なんだか照れちゃいますね……」

朱莉ちゃんはそう嬉《うれ》しそうにはにかみつつ、自身も一口食べ、満足げに頬《ほお》を緩ませる。

美味しいものを食べた時、「ほっぺたが落ちる」なんて表現するけれど、朱莉ちゃんの頬は本当に落ちそうなくらい緩んでいて、少しおかしかった。

「な、なんか先輩、笑ってません？」

「そう？」

「そうですよっ。なんだかちょっと、こそばゆいです……」

ぼそぼそ言いつつ俯いてしまう朱莉ちゃん。

そんな姿もおかしくて、でもそれだけじゃない。

「それにしたって不思議な感覚だな。まさか朱莉ちゃんと二人きりでご飯を食べる日が来るなんて」

不思議というか、やっぱり想像もしていなかったことだ。

俺にとって彼女の兄である昴は親友で、高校でも、今も、ほとんどずっと一緒にいるヤツだけれど、その妹である朱莉ちゃんとはそうじゃなかったから。

けれど、これまた不思議なことだけれど、気まずさはあまりない。昴の妹だからだろうか、それとも朱莉ちゃん自身の気質によるものだろうか。

話していても、沈黙が場を支配しても、居心地のよさを感じる。

「私は、全然不思議なんかじゃないですよ」

朱莉ちゃんは、照れたように、それでいて少し拗《す》ねるように、スプーンでカレーライスを崩しながら呟《つぶや》いた。

「だって、ずっと……」

その後に続いた声は更に小さく、耳を澄ませてもとても聞こえないもので――

不意に朱莉ちゃんが視線を上げ、俺の目を真っすぐに見つめてきた。

なんだか俺も言葉を発するのを憚《はばか》られて、ただ吸い寄せられるように見つめ返していた。

何もない、ただそれだけの時間が少し流れて、やがて――

「え、えと……」

朱莉ちゃんはじんわりと顔を赤くして、照れくさそうにはにかんだ。

「わ、分かりましたか、先輩っ。男性の一人暮らしには女の子の手料理が必要だって！」

「あ、それまだ生きてるんだ」

「そ、そりゃあそうですよ！」

朱莉ちゃんは誇るように胸を張る。けれど、つんと逸らした顔は耳も、首筋まで真っ赤だ。

しっかりした雰囲気と、それとは対照的な純粋で幼いと感じる仕草と……今まで思い描いていた宮前朱莉という女の子のイメージとは全く違う魅力的な少女の姿に、そりゃあ昴のやつもメロメロになるなぁと納得できた。

「あー、美味しかった。朱莉ちゃん、ご馳走様《ちそうさま》」

「お粗末様《そまつさま》ですっ。でも、本当に大したものではないんですよ？　特別な手間をかけているわけではないですし」

ご飯は用意してもらったので、洗い物くらいやると申し出た俺だが、すげなく突っぱねられ、今はだらしなく床の上で横になっていた。

まぁ、自炊をしない一番の理由が片付けが面倒だからというのは見破られてしまっているしな……なんとも恥ずかしい限りだ。

「私の料理はあくまで趣味の範囲で……その、普段の暮らしの中で気苦労なく作れる家庭料理ばかり練習していたので」

朱莉ちゃんはキッチンで洗い物をしながらも、暇《ひま》している俺の話し相手になってくれる。いい子だなぁ。

「へぇ……でも、確かにこんなに美味しい料理を毎日食べられるなら幸せだよなぁ」

「ええっ⁉」

ガチャッと食器が崩れる音がした。けれど、それよりも前に朱莉ちゃんの驚いたような声が聞こえたような……？

「大丈夫っ⁉」

「だだだだだ大丈夫ですッ‼」

もしも怪我《けが》とかしていたら大変だ。

そう思い、慌ててキッチンに駆け込んだ俺だが、皿が割れた様子はなく、朱莉ちゃんにも怪我した様子はない……いや、まだ安心できないぞ。

「手、見せて。血とか出てない？」

そう言いつつ、彼女の手を取る。

水で濡《ぬ》れているとはいえ、すべすべとした滑《すべ》らかな手だ……なんて感触を確かめている場合じゃない。

少し強引ではあるが、彼女の手を掴《つか》んだまま、怪我がないか注意深く確認する。

……良かった。特に打ってもいないみたいだ。強《し》いて言うならば熱いくらいで——

「う、う、うあ……」

「っ⁉　あ、ご、ごめんっ⁉」

熱いどころじゃない。俺に手を掴まれた朱莉ちゃんの顔は、茹《ゆで》ダコみたいに真っ赤になっていて、さらに目元には薄《うつ》すらと涙が浮かび、身体《からだ》も小刻《こきざ》みに震えていた。

そりゃそうだ。いきなり手なんか握られたら拒否反応の一つや二つ出るだろう。

「ぱ、パニック寸前です……！」

「そうだよね！　ごめんなさいっ‼」

「い、いえ、先輩が悪いとかじゃなくて、これは、私の問題——いえ、やっぱり先輩が悪いかもしれません！」

朱莉ちゃんはそう言いながらこちらに背中を向けてしまう。

そして、何度か深呼吸を繰り返し、再びこちらを向いた時——彼女の顔はまだ真っ赤なままだった。

「い、いきなりどうしたんですか、先輩……⁉　そんなぐいぐい積極的というか……ハッ⁉　もしかして私、最初の一撃で先輩の胃袋に風穴をっ⁉」

「いや、それは空《あ》いてないんじゃないかな……？」

「そ、そうですか……」

朱莉ちゃんはどこかがっかりしたように苦笑する。そんなに空けたかったのか、風穴。

「でも、先輩おっしゃいましたよね！　その、こんなに美味しいご飯なら毎日食べたい的な！」

「え、まぁうん。食べたいというか、食べられたら幸せだろうなって……」

朱莉ちゃんはスーパーで、将来の夢がお嫁さんと言っていたし、将来の旦那《だんな》さんになる人は幸せだろうと感じて言ったことだけれど、毎日食べたいと言えば少し意味合いが変わってしまう気がする。

「そうですかそうですか！　そうでしょうとも！」

同じ「そうですか」でも先ほどとは真逆に、朱莉ちゃんは実に幸せそうに頰を緩ます。

「だったらこれから先輩は幸せ者になりますねっ。私、毎日三食しっかり準備しますから！」

「あ、はは……ありがとう」

素直に喜んでいいのか分からなくて、自分でも分かるくらいぎこちない笑顔を浮かべてしまう。

けれど、朱莉ちゃんはやっぱり楽しそうだ。いや、楽しそうというか、興奮しているというか。

そうか、朱莉ちゃんは男の一人暮らしには女の子の手料理が必要と言っていたけれど、俺がこれまでそれにありつけなかったのと同じで、女の子からしても中々手料理を振舞う機会に恵まれないのかもしれない。

借金のカタがどう、と言えば荒唐無稽《こうとうむけい》で理解しがたいけれど、朱莉ちゃんからしたらいつか本命の相手に料理を振る舞うための予行練習みたいなものなのかもしれない。

それならそうと言ってくれれば良かったのに。

昴だって俺の人となりをある程度知っているから可愛がっている朱莉ちゃんを送り出したのだろうし、口裏を合わせてくれればそれくらい協力する——というか、よくよく考えれば、食費が2倍かかることくらいしか俺にとってデメリットは存在しないわけで。

「先輩？」

「え？」

「どうされたんですか、ボーっとして……？」

「いや、ちょっと考え事を……朱莉ちゃんはきっといいお嫁さんになるだろうななんて……いや、これちょっとセクハラっぽいかも――」

呆《ほう》けてしまっていたのを誤魔化そうとして、文字通り余計な一言を加えてしまった気がした。

いくら夢だと聞いたからといって、俺から言うのはただからかっているようにも聞こえてしまう。

そう察し、すぐに謝ろうとしたのだけど――

「あ……」

朱莉ちゃんは、大きく目を見開き、目元にじんわりと涙を浮かべていた。

「――ッ!!」

や、やってしまった。年下の女の子を泣かせるなんて！

予想以上の事態に謝ろうと準備していた言葉が吹き飛び、頭の中が真っ白になってしまった。

（謝らなきゃ、涙、ハンカチ……ああ、逃げ出してしまいたい、ってそんなわけにもいかないし、ここ自分ちだし！）

グチャグチャと思考が纏まらず、結果、何もできないでいる内に、朱莉ちゃんは自分の手で涙を拭ってしまう。

「あ、はは。すみません、いきなり泣いちゃって……困らせちゃいましたね」

「そんなこと……ごめん、俺も変なことをいきなり言って」

「い、いえっ！　先輩は全然悪くないというか……その、むしろ、夢みたいで……」

朱莉ちゃんはそう言いつつ微笑む。

涙を擦った痕《あと》はもう薄すらと赤く腫《は》れてしまっていた。

「私、生きていてよかったです……」

「えっ、そんな話になる⁉」

「なりますよ。だって、私ずっと……」

そう言いつつ、また朱莉ちゃんは泣き出してしまう。

俯き、両手を目に当てつつ肩を震わせる彼女を前に、俺の発言が精神的なショックを与えたわけじゃなかったとしても、やっぱりどうしていいか分からなくて――

「こういうとき、兄だったら頭を撫《な》でてくれたりします……」

……なんか声が聞こえた。目の前から。ちょっと涙声だったけれど。

いや、でも、うん。それは昴がって話だからな。俺は朱莉ちゃんの兄ってわけじゃないし、そんな頭を撫でるなんて……うーん……。

「ええと、こんな感じかな……？」

ほんの少し戸惑いはしたが、遠回しにも催促されてしまったので、大人しく従うことにし、彼女の頭に手を乗せる。

朱莉ちゃんの髪は見た目通りすごくサラサラしていて、なんというか、触っていて気持ちが良かった……って、俺が楽しんでどうする⁉

「う、うへへ……」

顔は見えないが、どこか気の抜けた笑い声が聞こえてきた。

彼女の兄によるものではないけれど、どうやら俺からのでも多少は効いているみたいだ。

「少し落ち着いた？」

「は、はい──あ、いや、いいえっ！　すみません、まだ、少しっ！」

一瞬顔を上げかけた朱莉ちゃんだったが、何かを思い出したみたいにすぐにまた顔を伏せてしまった。

「ああ、なみだが、どんどん、あふれてきますー。ど、どうしましょー」

「なんだか随分あからさまに棒読みだけど……？」

「あ、そうだ。あにはこういうとき、きすしてなぐさめてくれたんですよー」

「え？」

キスして慰《なぐさ》めてくれた？

昴が？　実の妹である朱莉ちゃんに？

……あいつ、なにやってんだ？

「そ、そうなんだ。キス……ねぇ？　へ、へぇ……」

俺にはそれ以外口にできる言葉はなかった。

何か感想を言おうと思えば度を越したシスコン野郎に罵詈雑言《ばりぞうごん》を浴びせてしまいそうだし。

とはいえ朱莉ちゃんの前で昴を悪く言うのは良くないだろう。落ち込んだらキスされる間柄みたいだし……。

「……あれ？」

そんなわけで殆《ほとん》ど感想を言うことなく、つい頭を撫でる手も止めてしまった俺に対し、朱莉ちゃんが窺《うかが》うように見てくる。

そして、

何かを察したように、表情を引きつらせた。

「あ」

「あの、先輩」

「……なに？」

「さっきのは嘘です」

「え？」

「私、変なこと言いましたよね。兄にキスされる、とか。あれ嘘です」

「あ、そうなの……へぇ……」

感情が抜け落ちたみたいに淡々と言う朱莉ちゃんに対し、俺はそんな相槌《あいづち》しか打てなかった。

「先輩、本当に冗談ですよ！　信じてないですよね⁉」

「大丈夫、大丈夫。ほら、兄妹《きょうだい》の形も人それぞれだし」

「ちょっ⁉　信じないでください！　ちょっと調子乗っちゃったんですっ！　あわよくばーなんて……ああ、もう、私の馬鹿っ！」

涙は引っ込んだみたいだけれど、代わりに今度は頭を抱えてしゃがみ込んでしまった。

「ああ、本当に何やってるの……浮かれて、調子に乗って、こんなんじゃ変な子って思われちゃう……！　しっかりしなきゃ。ちゃんと、本当の私を先輩に見てもらうんだから……！」

朱莉ちゃんはブツブツと何かを呟いていたかと思えば、突然勢いよく立ち上がり、そして真っ直ぐ俺を見て言った。

「先輩っ‼」

「は、はいっ！」

「私、兄とは普通の兄妹ですからっ！　向こうはシスコンかもしれませんが、私は全然ブラコンじゃないですから！　まったく！　これっぽっちも！　一切疑う余地なくっ‼」

「そ、そう」

凄《すさ》まじい剣幕でまくし立てる彼女に、俺はただ頷くしかない。

怒っているとさえ感じられる勢いの強さから、嘘を言っているわけじゃないとは分かる。

でも兄想いじゃないんだったら、なんで彼女は兄の借金の為にわざわざ俺のところにやってきたんだって疑問が再浮上するんだけど……？

「私、頑張りますから‼」

「う、うん。頑張って」

何を頑張るのか分からないけれど、頷く。頷く以外許されなさそうな雰囲気だった。

「というわけでトイレ……じゃなくて、お手洗いお借りしますっ！」

「あ、うん、どうぞ」

半《なか》ば自棄《やけ》になったように宣言しつつ、朱莉ちゃんはトイレに入っていく。

残された俺は、とりあえず朱莉ちゃんが途中までやった洗い物を引き継ごうとしたのだけれど——

「あ、あの～、先輩？」

「え？」

トイレのドアを半分開けつつ、半分顔を覗《のぞ》かせた朱莉ちゃんに声を掛けられ手を止めた。

「あの、少し恥ずかしいので、音楽か何か流してもいいですか……？」

「恥ず——あ、ああ。もちろん」

一瞬何のことかと思ったけれど、そうだよな、女の子だもんな。

「あ、ありがとうございます。うるさかったらすみません。あ、あと、洗い物やるので、先輩はくつろいでいてください。えへへ……」

朱莉ちゃんは照れくさそうに笑いつつ、再びトイレのドアを閉める。

そして薄すらとだが、最近テレビのCMか何かで聞いた気がするJ－POPが聞こえてきた。

「とりあえず、言われた通り大人しくしておくか……」

俺は居間に戻り、ベッドに横になりつつ、スマホを取り出す。

けれど、画面の向こうの情報はほとんど頭に入ってこなくて、ずっと朱莉ちゃんのことばかり考えてしまう。

「トイレはともかく、泊まるなら風呂入ったりこの部屋で寝たりするよな……」

よく笑い、泣き、彼女の持つ魅力を容赦《ようしゃ》なくぶつけてくる朱莉ちゃんにいったいどこまで理性を保てるか正直不安だ。

でも、よく知ってる相手の妹にそういう感情を抱くのはやっぱり抵抗が強い。どうしたって朱莉ちゃんの後ろに昴のニヤケ顔が見えてきてしまうというか……なんだ、これ。呪《のろ》いか？

とはいえ彼女が昴の妹でなければ、借金のカタといい、それを口実にした花嫁修業――いやインターン？……なりなんなりでやってくることもなかったし、役得と思うべきかもしれない。

どちらにしろ、一体どれくらいの期間になるかは分からないけれど、俺の生活がガラッと色を変えたのは確かだ。

孤独で自由な一人暮らしから、友達の妹で、なおかつとんでもない美少女との色々な意味で危険を感じる二人暮らしが始まる。

ああ、本当に俺はどうすればいいんだろう……⁉

第3話 宮前さんちの兄と妹の話

外はもう真っ暗だけど、肌寒さはなく、むしろ少し蒸し暑いくらいだった。これも地球温暖化の影響なのだろうか。よく分からないけれど。

俺は部屋から出てすぐの鉄柵に寄りかかりながら、ぼんやり外を眺《なが》める。

といっても何か目的があったわけでもなく、つい深々と溜息を吐《つ》いてしまう。

「はぁ……本当に情けない……」

そう貶《けな》すのは当然自分のことだ。

今、朱莉《あかり》ちゃんが風呂に入っている。何度見ても見慣れないあの美少女女子高生が、だ。

なんだかそれを居間で待っているのは悪い気がして、こうして外に逃げてきたのだけれど、朱莉ちゃんから見れば自意識過剰に映るかもしれない。

けれど、そんなの仕方がないじゃないか。

一人暮らしの部屋だ。小さくて、壁も薄い。朱莉ちゃんがシャワーを浴びる音とか、湯船に浸《つ》かる音とか、ハッキリ聞こえて来てしまうのだ。

そんな状態で落ち着ける筈《はず》もない。

「ん……」

不意にポケットが震えた。

「……は？」

スマホを取り出し、画面に表示された名前を見て、俺はつい間抜けな声を出してしまう。

けれど、呆気《あっけ》にとられたのは最初だけだ。すぐに腹の底から込み上げてきた感情に背中を押されるように、通話に出る。

「もしもし」

『おーう、求《もとむ》！　元気してるぅ⁉』

電話の主は宮前昴《みやまえすばる》。

俺に借金をし、朱莉ちゃんを派遣してきた、この状況を作り出した全ての元凶である。

「お前、よく自分から電話してこれたな……？」

『え？　なんで？』

なんでこいつ、こんなに陽気な声出せるんだ……？

と、ついイラついてしまうけれど、そういえば朱莉ちゃんから今の昴の状況を聞いていたんだった。

「そういやお前、今サイパンにいるんだってな？」

『へ？　サイパン？』

「え？」

『ん？　……あ。あーっ！　そうそう！　今サイパンにいるんだよね！　いやぁこっちはまだ昼だからな。つい土地感覚が狂っちゃってさぁ』

「時間で自分がどこにいるか分からなくなるのかよ」

『なる時ない？』

「ないし、なんならお前、今昼って言ったけれど、サイパンと日本って時差1時間くらいしかないからな。今もどっぷり夜だからな」

『………』

露骨《ろこつ》に沈黙する昴。

静かになったおかげで電話の向こうの音——セミの鳴き声がしっかりと聞こえてくる。

『お前探偵かよ』

「お前がガバガバすぎるんだよ」

『く、くくく……ファーハッハッハッ‼　確かに俺はサイパンにはいない！』

「これまた安い犯人みたいな芝居を……」

相変わらずのハイテンションな昴に、つい肩の力が抜けてしまう。

こいつのこの感じにいったいどれだけ誤魔化されてきたことか……。普段は憎めないと苦笑するところだけれど。

『いやぁ、俺がサイパンにいるって朱莉から聞いたろ？』

「ああ。お前、朱莉ちゃんにも嘘ついてたんだな」

『違う。見栄を張ったんだ』

「何も違わないだろ」

むしろ見栄は完全に自分のための嘘なので質《たち》が悪い。

『本当は今、免許合宿来てんだ』

「は？」

『でさ、免許取ったら、朱莉のやつもドライブに連れてってやりたいっていうか……へへへ、まぁ兄貴からのサプライズってやつだな』

「いや、なんか感動する感じで言ってるけど、全然感動しないからな」

『ええっ⁉』

なぜか驚く昴。たかが500円の借金のために妹を差し出す兄に威厳なんて残っているはずがないんだよなぁ。

そして会話の中で確信する。やはり昴は朱莉ちゃんが今俺の家に来ていることを知っていると。

「昴、今まではとりっぱぐれてもいいと思っていたし、真剣に言ってこなかったけど、今回ばかりは本気で言わせてもらうぞ。金、返せ」

『そりゃあ殺生だぜ、求よ。色々な意味でさ』

「どういう意味だよ……」

『理由の一つは、単純に俺が金欠だってこと。免許合宿も随分かかったし、免許取ったら車も欲しいし』

「お前、俺から貸した額500円だぞ。そのどれにもさしたる影響与えないだろ」

『馬鹿かお前⁉　一銭を笑う者は一銭に泣くんだぞ⁉　500円を蔑《ないがし》ろにしたらいったいどんだけ泣かされると思ってんだよ⁉』

「それ流行《はや》ってんの？」

朱莉ちゃんも同じようなことを言っていたけれど。

でも、昴がそれを分かっているなら、そもそも最初から金を借りるなって話になるんだよなぁ。

『それにほら、菜々美《ななみ》ちゃん。やっぱりこの夏に一度くらいはどこか一緒に行けたらなーって思っててさ。その為には免許も必須なわけで。ほら、彼女持ちとしては？　当然の思考といいますかぁ？』

「あー自慢うぜぇ……」

もう何度目かの自慢だが、今日は普段よりいっそうウザく感じた。

『おいおい、もしかして嫉妬か、求くん！　今までそんな感じ見せたことなかったじゃねぇか！』

「なんか嬉《うれ》しそうだな」

『そりゃあ親友の知られざる一面が見られれば嬉しいと思うだろっ。それで求ょぅ。お前も彼女が欲しいって思ったりするのか？』

「そりゃあ……まぁ、そう思う時もあるけど」

『そうかそうか！　そりゃあそうだよなっ！』

随分と意外がられているけれど、俺にもちゃんとそういう気持ちはある。

そりゃあ昴に比べると積極的に行動してこなかったけれど……いや、もちろんこの受け身の姿勢が現在独《ひと》り身《み》である何よりの理由なんだろうなとは思う。

『ま、求ならいいぜっ。特別に許可してやるよ』

「なんで彼女が欲しいって話でお前に許可貰《もら》わなきゃなんないんだよ」

『それは俺の口からは言えねぇなぁ』

電話越しにもあいつのニヤケ面《ヅラ》が浮かんでくる。

随分と楽しげだが、俺からしたら全く何が言いたいのか分からない。

『あ、ところでそこにマイシスターあっかりん、いる？』

「何その呼び方……今風呂入っているよ」

『なぁっ⁉　お前、まさか覗いて――』

「んなわけあるかぁ‼　外だよ、外！　アパートの廊下‼　くそっ、怒られるからあんまり大声出させるなよ……！」

『え、それは俺悪くなくない……？』

いいや、昴が悪い。世の中のことは大体こいつが悪い。今はそういう気分だ。

「それで、朱莉ちゃんに用事？　ついでにもう付き合わなくて大丈夫って言ってあげてくれよ。もう金、返さなくていいからさ」

『いや、金は返す！　でもすぐにってわけにはいかないから、それまでは代わりに朱莉にお前の世話させるってことでさぁ』

「お前、相当最低なこと言ってるからな。５００円の借金のカタに実の妹差し出すとか、口に出しても意味分かんないぞ」

『まぁまぁ。朱莉も嫌がってないだろ？』

「それはそうかも……いや、態度に出さないだけかもしれないし」

『朱莉は結構不器用だからな。嫌なら嫌ってすぐ顔に出るやつだよ。お前がそれを感じてないなら、間違いなく朱莉だって嫌がっちゃいねぇって』

「ぐぅ……」

　兄だからこその確信めいた言葉に俺はつい口ごもってしまった。

　確かに朱莉ちゃんは嫌がるどころか、むしろずっと楽しそうで……くそっ、昴め。借金のカタに妹を差し出す鬼畜野郎のくせに、それらしいことを言いやがる。

『朱莉のやつさ、政学《せいがく》入りたいって言ってんだ』

「政学？　朱莉ちゃんならもっといいところ目指せると思うけど……成績優秀なんだろ？」

『でも、本人が言ってるんだから仕方ないだろ。まぁ、愛《いと》しの兄が通う大学だからなぁ！　兄としては応援してやりたいっていうかさ！』

「…………」

『ちょい、黙んなって』

確かに朱莉ちゃんが兄想いだということは十分理解しているけれど、ここでそれを肯定しても昴が調子に乗るだけなので、ノーコメントで対応させてもらう。

にしても、朱莉ちゃんが政学――俺達と同じ政央《せいおう》学院大学志望だったとは。正直考えてもなかった。

『ゴールデンウィークの時に相談されてたんだよ。夏休みになったらこっち来たいってさ。オープンキャンパスもあるし、朱莉も一人暮らしすることになるから、どういうところか見ておきたいって』

「もっともなこと言ってるけど……」

『事実だからな。で、その時はオッケーしたんだけど、免許合宿の予約してたの忘れちゃってさ。ちょうどいいから求に任せるかってなぁ！　あっはっはっ！』

「笑い事じゃねぇだろ⁉」

随分勝手なことを言う昴に、俺は頭痛を覚えずにはいられなかった。

俺の借金がどうとか関係なく、ただただ昴がクズって話じゃないか。

「お前、そんな勝手な……」

『まぁいいじゃんか。お前だって、別に朱莉が嫌ってわけじゃないだろ？』

「それはまぁ……いい子だし」

『だろ？　それに俺も求相手なら安心だしな。なんたって、朱莉ほどの超絶美少女が自分ちの風呂に入ってるっていうのに下心も見せない無害っぷりだしさ』

「お前絶対バカにしてるな」

『バカにしてるけど褒めてもいる‼』

絶対電話の向こうでドヤ顔を浮かべているな、あいつ。

対する俺は、もうなんか色々考えるのに疲れてしまった。きっとそれも昴の企《たくら》み通りで、それはそれでやっぱりムカつく。

『とにかく朱莉のことは頼んだぜ。どこに出しても恥ずかしくないできた妹だけど、まだまだ子どもだからな。泣かせたら許さねぇぞ！』

「はぁ……分かったよ。とりあえず、暫《しばら》くの間は泊めるから。もちろん、変なことをする気もないし」

『おう！　求にそういう度胸がないことは分かってる！』

「バカにしてるな」

『バカにしてる！』

はっきりそう口にしながら、大声で笑う昴。

こいつ、こっちが折れたからって調子乗って……！

売り言葉に買い言葉ではあるけれど、文句の一つでも言ってやろうと口を開きかけたその時――

「せんぱーい？」

部屋から朱莉ちゃんが出てきた。

ピンクの、すこし子どもっぽい雰囲気のパジャマを着た彼女は、今も長い髪に滴《したた》る水をタオルで拭《ふ》いていて――幼いのか、色っぽいのか分からなくなる。

『っと、朱莉が来たか。それじゃあなっ！　俺が免許合宿に来てることは内緒でヨロシク！』

「って、おい⁉　なんで逃げるみたいに――」

昴はそう一方的に電話を切ってしまう。

本当に自分勝手というか、自由気ままというか……。

「お電話、兄からですか？」

「うん……って、わざわざ出てこなくてもいいのに。風邪引くよ」

「いえ、暖かいですし大丈夫ですよ」

そう楽しそうに笑う朱莉ちゃんは、つい先ほどまで電話で話していたからか、昴によく似ていると感じた。

まぁ、昴のやつより何倍もいいけれど。

「ったく、昴のやつ……」

「あの、先輩？　兄が何かまたご迷惑をおかけしてないでしょうか……？」

「…………」

これは、どういう意図の質問なんだ？

今まさに彼女自身が、兄がかけた迷惑の代償としてここにいるはずなのに。

……なんて、今更指摘してもあまり意味はないか。俺自身、返して欲しい答えがあるわけでもないし。

「いつも通りだったよ」

「そうですか」

少し安心したように、朱莉ちゃんはホッと胸を撫で下ろす。

「あ、そうだ。先輩、お風呂どうぞっ」

「ああ、うん」

風呂、と考えた瞬間にドッと疲れが湧《わ》いてきた感じがする。

今日色々あったもんなぁ……と思いながら朱莉ちゃんを見ると、可愛らしく小首を傾《かし》げていた。

「……あれ？」

ふと気になって、そんな彼女に顔を近づける。

「ふぇ？　えっ、ええっ⁉　せ、先輩⁉」

気になったのは朱莉ちゃんから漂ってきた香りだ。既視感の嗅覚版《きゅうかく》というべきか、嗅《か》いだことのある感じがする——

「あっ、そうか。朱莉ちゃん、俺のシャンプーとか使った？」

「ひぇっ！　は、はい……その、実は持ってくるの忘れちゃって……すみません、勝手に」

「いや、全然いいよ。むしろ気が利かなくてごめん。女の子が遊びに来ることなんて中々ないからなぁ……必要だったら明日にでも買いに行こうか」

中々ないどころか皆無なのだけれど、つい見栄を張りつつ、そんなことを提案する。

実際、昴の口ぶりからこの件は覆らないと確信したし、どうせ避けられないなら朱莉ちゃんには無理せず少しでも快適に過ごして欲しいからな。

「え……は、はいっ！　行きたいですっ！」

「うん。じゃあ、そうしよう――って、ああそうだ。布団敷かなきゃね」

「いえっ、それは自分でやりますからっ。先輩はゆっくりお風呂入ってきてください」

「そう？　それじゃあお言葉に甘えようかな」

そんなやり取りの後、俺は風呂に入り、疲れを洗い流し、そして――

ついでもなんでも、いきなり女の子の匂いを嗅ぐという奇行に走ったことへの自己嫌悪で頭を抱えるのだった。

◇◇◇

「あー……しんど……」

「先輩、麦茶ですっ！」

「ありがと……」

朱莉ちゃんと顔を合わせるのが気まずくて、ついつい長風呂してしまった俺は、辛《かろ》うじて身体《からだ》を拭き、寝巻であるTシャツと短パンに着替えはしたものの、若干のぼせてしまった。

脱衣所の壁に寄り掛かりつつ、慌てるようにグラスを差し出してくる朱莉ちゃんに申し訳ないと思いつつ、ありがたく受け取って、ゆっくり中身を飲み干す。

ああ、水分を入れると全然違うな。

「朱莉ちゃんがいてくれて良かったよ……」

「えっ！」

「一人暮らしだからね。体調悪い時も全部自分でやらなきゃだし」

さすがに自宅でのぼせるのは初めてだけれど、当然一人だったら麦茶を用意したりも中々できないし、風邪を引いたりしたらもっと大変だろう。

なんだかんだで朱莉ちゃんには迷惑かけてばっかだな。年上なのに情けない。

「わ、私でよければいくらでも頼ってくださいっ！」

「朱莉ちゃん？」

「もし体調崩されても、呼んでいただければ駆けつけますしっ！　はいっ！」

なぜか興奮したように身を乗り出す朱莉ちゃん。

でも一応年上なんだしあまり情けない姿は見せたくない。たった今見せているところだけど。

「……お気持ちだけ受け取っておくよ」

「気持ちって……先輩のこんな姿見せられたんじゃ、きっと帰ってからも先輩が無事に生きてるか心配になっちゃいます」

「そりゃごもっとも……」

情けない姿を見せている俺が強気に振る舞っても様にはならないだろう。

そんな俺を見かね、また麦茶を汲《く》みにいく朱莉ちゃんはなんとも頼もしく見えた。

でも、帰った後の話をするならば、朱莉ちゃんの家からここはそう気軽に来られる距離じゃないし、駆けつけるなんて物理的に無理なんだけれど。


そうこうして、なんとか立ち上がれた俺は、これまた情けないことに朱莉ちゃんに支えられ、ほんの数歩先の居間へと生還を果たした。

いや、最初はちゃんと断ったのだ。朱莉ちゃんとは体格差もあるし。

けれど朱莉ちゃんは頑として譲らなかった。それこそあまりの決心の固さに余計眩暈《めまい》がしてしまいそうになるくらいに。

さすがに倒れでもしたら、今の朱莉ちゃんなら救急車も呼びかねない。さすがにそれは無いだろうと思っても0％とは言い切れない。

　というわけで、彼女に支えられ、自然と密着することになったのだけれど……なんでだろう。同じシャンプー、同じボディーソープを使っている筈なのに、朱莉ちゃんから漂ってくる香りは俺のものとは全く違う——より上質なものに感じる。なぜか。

「先輩、やっぱり大丈夫じゃないんじゃ……なんだか、ボーっとしてますし」

「い、いや、大丈夫。それにもう寝るだけだし」

　色々あって時間はもう11時……寝るにしちゃ若干早いかもだけれど、今ならぐっすり眠れそうだ。

「そう、ですか。できればもうちょっと先輩とお話ししてたかったですけど……」

「ま、まぁ、明日もあるし」

「……！　そうですね！　明日！　明日もお話ししましょう！」

「う、うん」

　オーバーに頷く朱莉ちゃんに気圧《けお》されつつ、けれど間違った反応かといえばそうではないので、素直に頷き返す。

　そんなこんなで、俺達はそれぞれの寝床に入った。

　俺はベッド、朱莉ちゃんはローテーブルをどかした床に敷いたおろしたての布団だ。

フカフカして、早くもくたびれた俺の布団より気持ちよさそうに見える。

「もし起きてたかったら起きててもいいよ？」

「いえ、私ももう眠くって。昨日は中々寝付けませんでしたし……」

「そう？　それじゃあ電気消しちゃうね」

リモコンでシーリングライトをオフにする。

朱莉ちゃんの姿は見えなくなったけれど、彼女の吐息の音はハッキリ聞こえてなんだかこそばゆい。

「おやすみ、朱莉ちゃん」

「はいっ、おやすみなさい！」

これから寝るというのに、朱莉ちゃんの返事はやけに元気で、ついおかしく感じてしまう。

「あの、先輩っ」

「ん……？」

「また明日、です」

「うん、また明日」

不思議な言い回しだったけれど、自然と返事は口から出てきてくれた。

ふと、まぶたの裏にほんの半年前まで通っていた教室が映し出された。

自分以外誰もいない教室で帰り支度《じたく》をすませ、席を立つ。

『先輩』

誰もいなかったはずの教室に女の子の声が響く。

振り返ると、俺がさっきまでいた席に女の子が座っていた。

思わず言葉を失ってしまうほどの美少女だ。夕日を背負った姿がとても様になっている。

『もうお帰りですか』

彼女は少し寂しそうに微笑《ほほえ》む。

そんな彼女に俺は頷いて返した。もう日が暮れるから。

『それじゃあ、一緒に帰りましょうっ』

いつの間にか少女は隣にいて、俺の手を引いて歩き出す。

何気ない、大した内容のない会話をしながら校舎を歩く。

どうして彼女と一緒にいるのだろう。そんな疑問がふと頭を過《よぎ》った時、俺達はもう校門前に立っていた。

『先輩、また明日です』

また明日──そうオウム返しして気が付く。

これは夢だ。

彼女は俺の友達の妹で、こんな風に親しくしたことはなかった。

それこそ、夢にも思わなかった。

朱莉ちゃんがどんな子で、どんなものが好きで、どういう話題のときに笑顔になるか……そんなこと、真面目に考えたこともなかったくらいに、俺と朱莉ちゃんは他人だったから。

もしかしたら、こんな風に朱莉ちゃんとすごす可能性があったのかもしれない。

……なんて、昴のやつが許さないか。朱莉ちゃんへの下心を見せるやつは片《かた》っ端《ぱし》から追い払ってたし。

そんな中で、そういう気がなかった俺が彼女と親しくなれるはずもない。

それは分かっている……けれど、

――また明日、です。

その響きは心地よくて、なんだか胸の奥が温かくなる感じがした。

◆◆◆

どうしよう……どうしよう！

ついにこの時が来てしまった‼

きっと、おそらく、まちがいなく！

私は今、人生で一番緊張している！

だって、こんなにもバクバク心臓が跳ねていて、今にも口から出てきそうな勢いだから！

必死に布団の中で息を押し殺し、身体を丸めながら、ただただ時間が経つのを待つ。

両手で握り締めたスマホで度々時間を確認するけれど、1分とか2分とかしか経っていなくて、その度にがっかりしてしまう。

万全を期すなら2時間……いや、そんなに待てない。1時間、いいや30分……は、さすがに早すぎるかな。

もしもがないように、慎重に、慎重に……。

——すぅ……。

「——ッ!!」

明らかに先ほどまでとは違う種類の吐息。

跳び起きたい衝動を必死に抑え、私はゆっくり、音を立てないように布団から顔を出す。

スマホではまだ布団に入って15分しか経っていない。けれど、確かにこれは……!

「せんぱ〜——んむっ!」

つい声を掛けようとしてしまい、咄嗟《とっさ》に手で口を閉じる。

もしも、もしも本当にもう先輩が寝入っているのなら、こう呼びかけることで起きてしまうかもしれない。

そーっと、そぉ〜っと身体を起こし、先輩のベッドを覗き込む。

ああ、心臓がバクバク叫んで――ッ⁉

「ふ、あぁ……」

思わず溜息が漏れた。

先輩が、眠っている。無防備に、あどけない表情を晒《さら》しながら……！

（いや、ボーっとしてないで、やるべきことをやらなきゃ！）

私は気を引き締め、立ち上がる。

ずっと待ってたのだ。先輩が眠り、無防備な姿を晒すのを。

全ては……そう！

（先輩の寝顔を撮り、スマホの壁紙に設定するためっ‼）

「うぅん……」

「ひうっ⁉」

スマホを構えた瞬間、先輩が寝返りを打ち、私はついびっくりしてスマホを布団に落としてしまう。

起き……ては、いなそう。ただ寝苦し気に身を捩《よじ》っただけみたいだ。

危ない危ない。もしも起きて、先輩の寝顔を盗撮しようとしたことがバレれば変態の烙印《らくいん》を押され、追い出されてしまうかもしれない。

先輩は優しいからそんなことしないかもだけれど……でも、私がしようとしているのはそういうことだ。

私は衣擦《きぬず》れの音さえ立てないように、慎重にスマホを拾い、再び構えようとして……気が付いた。

先輩が身を捩ったのは、私のスマホの光が部屋を照らしたからじゃ？

そもそも、写真を撮ろうとすればシャッター音が鳴ってしまうんじゃ⁉

「あ、ああ……⁉」

それに、写真を撮るならどうしたってフラッシュをたかなくちゃいけない。

光、プラス音。駄目だ。こんなの絶対先輩を起こしてしまう！

ガラガラと崩れていく。

私の入念に準備した作戦が……『先輩の寝顔をスマホの壁紙に設定して、毎日添い寝してもらっている気分になる作戦』が……‼

作戦はこうだ。まず先輩に美味《おい》しい晩ご飯をご馳走する。お腹がいっぱいになったら眠くなるから、お風呂にゆっくり入ってもらい、ぐっすり眠ってもらう。

そして私は先輩の寝顔を撮るっ‼

合間合間のインターバルで先輩とお喋《しゃべ》りしつつ、私の家事スキルをアピールし、なにより先輩に癒《いや》しを与えられるというのも高ポイントだ。

正直、この時間だけでも幸せすぎて死んじゃいそうだったけれど、意識を繋《つな》いでこられたのは今、この瞬間のためで――だ、駄目！　やけになって写真を撮ろうとしちゃ！

(うう……先輩から寝顔盗撮魔なんて思われたらもう生きていけない……！)

どうせ死ぬなら幸せすぎて死ぬ方がいい。私は断腸の思いで寝顔撮影を諦めた……けど‼

(だったら、せめて先輩の寝顔をこの目に焼き付ける……‼)

部屋は暗いけれど、ベランダに繋がる掃き出し窓のカーテンの隙間《すきま》から差し込む月明かりのおかげで、じんわり照らされている。

夜目に慣れた今なら十分に先輩の寝顔も堪能《たんのう》できる……ふへへ。いけない、涎《よだれ》が。

「すぅ……すぅ……」

いびきを掻《か》くことなく、気持ちよさそうに眠る先輩。

手を伸ばせば届く場所にそれがある……けれど、私にはとても遠く感じた。

白木《しらぎ》求先輩。私の一つ年上で、兄の友達。

赤の他人ではないけれど、知り合いという言葉を使っていいのか分からないくらいの距離感だ。

兄の友達。友達の妹。

中途半端なこの距離が、とてつもなく遠く、縮《ちぢ》めるのが難しいということを、私はよく知っている。

今、この状況は紛れもない奇跡で、きっと簡単に壊れてしまう。

だから、大事に、大事に……少しずつでも変えていかないと。

そうしなきゃ私は、先輩の特別にはなれない。

(でも、ちょっとくらい、いいよね)

こうしてこっそり見つめているだけなら、きっと罰《ばち》は当たらないはずだ。

今日はドキドキの一日だった。

先輩の家に押しかけて、お掃除して、一緒にお買い物して、手料理を先輩に振る舞って。

いっぱいお喋りして、普段先輩が入っているお風呂に入って、こうして、ひとつ屋根の下で同じ夜をすごしている。

去年まで……ううん、昨日までの私にはとても信じられなかった幸せな時間だった。

そして、それは、

「また、明日……」

——うん、また明日。

今日だけの幻じゃない。

借金のカタなんて荒唐無稽《こうとうむけい》な話、きっと先輩は納得してはいないだろう。

けれど、それでも受け入れてくれる。

そんな優しいところは変わらない。先輩はずっと先輩のままで、だから、私は……。

「おやすみなさい、先輩」

そう囁《ささや》き、後ろ髪を引かれる思いながら、自分の布団に戻る。

買ったばかりの、私の匂いも馴染《なじ》んでいない布団は、当然先輩の部屋の香りにも馴染めていない。

いつか馴染めるだろうか。それともその前に役目を終えてしまうのだろうか。

そんなことを思うと、少しずつ身体の中にあった熱が散っていく感じがした。

この時間は有限で、いつか終わってしまう。遅くても、夏休みが終わる頃には。

（頑張ろう。後悔しないように）

改めて決意し、目を閉じる。

（とにかく、いちいち浮かれないこと！　鼻血も我慢すること！　変な子だと思われないようにしなくちゃ……こんな時の為にずっと準備してきたんだから！）

今日だけでも分かった。

先輩は決して家事が得意じゃない！

つまり、私が先輩の代わりに家事できるアピールをすることで先輩にとって私が必要不可欠な存在になれる……かも！

そして、いつか先輩と…………なんて、それはちょっと飛躍しすぎかもしれないけど。

でも――

そんなことを考えながら、私はゆっくりとまどろみに包まれていく。

今日は、今までで一番幸せな夢が見られる……そんな予感を抱きながら。

第4話　友人の妹のアレを見てしまう話

「んん……？」

朝、俺は鼻腔《びこう》をくすぐるいい匂いで目を覚ました。

ジューッと何かが焼ける音が聞こえる。問答無用で空腹を刺激してくる素敵な音だけど……はて、どうしてこんな音が聞こえるんだろう。

「あ、おはようございますっ、先輩！」

「え」

「どうかされました？」

「……いや、大丈夫。おはよう、朱莉《あかり》ちゃん」

そうだ。そうだった。

彼女が泊まっていたんだ。いや、彼女ってそういう意味でなく！

「もしかして、朝ご飯用意してくれてるの？」

「はい。先輩、ぐっすり眠られていたのでチャンスかなって思って」

「チャンス？」

「あ。ええと……あっ、そうだ先輩！　先輩って朝ご飯はお米派ですか？　それともパン派ですか？」

露骨《ろこつ》に話題をすり替えた……。

いったいなにがどうチャンスだったのか気になるけれど、しかし、朱莉ちゃんからの質問も実に回答に困るもので――

「ええと……お米かな？」

「……先輩、今私の顔色見て決めませんでした？」

そう、ジトッと疑うような半目を向けてくる朱莉ちゃん。

た、確かに朱莉ちゃんを見て、「そういえば昨日のカレーを食べる時に炊いた米、まだ残ってたよな」と考えはしたけれど。

「先輩、本当にお米でいいんですか？　気を遣《つか》わなくていいんですよ？」

「大丈夫だよ。ていうか、正直あまり拘《こだわ》りなくて……朝は食べないことも多いし」

「えっ⁉」

朱莉ちゃんが目を丸くする。

驚かせてしまったみたいだけれど、案外男の一人暮らしなんてこんなものじゃないだろうか。

時間があればコンビニでおにぎりかサンドイッチを買うくらいで。

そりゃあ自炊でもしていれば、多少なりとも用意するかもだけど。

「駄目ですよ、先輩。ご飯はちゃんと食べないと。若いうちから食生活を疎《おろそ》かにしていたら、10年後、20年後の自分に返ってくるんですよ？」

「そ、そうだね……ごめんなさい」

昨日と全く同じ注意に、情けなさも倍増する。

多分10年20年が、5年10年と短縮されたころからヤバくなってくるのだろう。

なんてことを思いつつ、俺は年下の女の子に深々と頭を下げた。

「あっ、いえ！　お説教したかったわけじゃなく……えと、本当にお米で大丈夫ですか？　パンがいいということでしたら、その……実は昨日、おかずの分しか買ってなかったので、ひとっ走り買ってきますけど！」

「い、いいよそんな！　それに、実家だと毎朝米だったし！」

「そうですか……」

ホッと安心したように胸を撫で下ろす朱莉ちゃん。

しかし、本当にいい匂いがする。これは昨日買っていたベーコンが焼ける匂いだろうか。朝は食欲がない方だけれど、これは中々腹に響くぞ。

昨日のカレーで朱莉ちゃんの料理の腕が凄《すさ》まじいことは分かっているし、折角《せっかく》なら寝起きのよく分からない状態じゃなくて、最高のコンディションでいただきたいなぁ……。

いやいや、折角出来立てなんだ。すぐに食べないのは失礼だ。

「あ、先輩。別に気を遣ってすぐに食べなくていいですからね」

「えっ」

心を読まれた……いや、顔に出ていたのだろうか。

どちらにしろ、随分タイミングのいい気遣いについ身を硬くする俺を見て、朱莉ちゃんはクスッと微笑《ほほえ》みを浮かべた。

「起きてすぐご飯を食べるのはあまり良くないんです。胃への負担も大きいので、ちゃんと身体《からだ》を起こしてからじゃないと」

「そうなんだ……」

「でも食べないのはもっと良くないですからねっ。食べなかったらその分、次の食事の負担も大きくなるんですから！」

「は、はい。気をつけます……」

そういえば昨日は、朝ご飯どころか昼ご飯も食べずに、いきなり晩ご飯のカレーを食べたんだけれど……いや、余計なことは言うまい。

け、けっして年下の女の子に怒られるのが怖いんじゃないぞ。うん。余計な心配を掛けたくないだけで。

「でも……そっか。それじゃあちょっとランニングでも行ってこようかな」

「ランニング、ですか？」

「うん。一応日課でね。といっても、昨日は寝坊してサボっちゃったんだけどさ」

「そっか。先輩、陸上部でしたもんね」

「え、なんで……ああ、昴《すばる》もそうだったし、俺のことも視界くらいには入ってるか」

「あ、いえ、むしろ……」

朱莉ちゃんはもじもじと指を絡ませつつ口ごもる。

少し気になったけれど、でもこれ以上は本題からズレてしまいそうなので、話を戻そう。

「まぁ、もう陸上部でもなんでもないけど、身体は動かさないとどんどんなまってくからね。それに折角美味《おい》しそうな朝ご飯を用意して貰《もら》ったんだから、お腹を空《す》かせておきたいし」

「先輩……だ、だったら！　私もおともしますっ！」

「えっ？」

「私も最近は受験勉強ばっかりで、運動は全然……い、いえ、元々運動はあまり得意でないといいますか、その、体力も自信がなくて。なので、折角ですし走ってみようかなぁ、なんて……」

そう言いつつ、言葉を重ねるにつれて、段々と自信無さげに、尻すぼみでトーンを落としていく朱莉ちゃん。別にそんな恥ずかしがることでもないと思うんだけどな。

「そうだね、じゃあ折角だし一緒に走ろうか」

「は、はいっ！　それじゃあ動きやすい格好に着替えてきますね。脱衣所、お借りしてもいいですか？」

「うん、もちろん」

朱莉ちゃんは嬉《うれ》しそうに頰《ほお》を綻《ほころ》ばし、トランクから着替えを取ると、パタパタと小走りで脱衣所に駆け込んでいった。

あ、エプロンに隠れてちゃんと見てなかったけれど、朱莉ちゃんはもうパジャマから着替えてたんだな。わざわざ着替えさせて悪いことしただろうか。

いや、でも、朱莉ちゃんの方からランニングについてくるって言ったんだし、俺が悪く思う方が失礼か？

「って、そんなこと考えてる場合じゃないな。朱莉ちゃんが出てくる前に俺も着替えちゃわないと」

裸を晒《さら》すなんてセクハラじみた事案が発生すれば、きっとメチャクチャ気まずくなる。

朱莉ちゃんは気を遣ってくれそうだけれど、俺は昴に殺されるだろう。５００円の借金ごときじゃ消えない罪だ。

もしかして、昴の狙いはそれでは……？

朱莉ちゃんをダシに俺の弱みを……いやいや、そんなことして昴にメリットがあるだろうか。今更弱みがどうなんて仲でもないし。

それに昴は打算的に朱莉ちゃんを危険に晒そうとするクズじゃない——と信じたい。友達だし。

そう否定しつつも、俺は普段の何倍もの早さで着替えを済ませるのだった。

◇◇◇

「はぁ……はひ……ひぇ……」

「だ、大丈夫？」

「だ、だいじょ、ばな、です……」

「うん、少し歩こうか」

ランニングを始めて5分、朱莉ちゃんは既に疲労困憊《ひろうこんぱい》といえるくらいに消耗《しょうもう》していた。

ペースもかなりゆっくりで、ランニングというよりジョギングだったけれど。

「ああ、いきなり止まらないようにね。息が整うまで歩き続けて」

「はい……すみません、足引っ張っちゃって」

「そんなことないよ。あまり運動得意じゃないって言ってたし、それに誰かと競ってるわけでもないしね」

朱莉ちゃんは俺の腕にしがみついてきながら、ぜぇぜぇと荒い息を吐いている。

本当に疲れているのだろう、腕に伝わってくる体温は中々に熱い。というか、動きやすい服ということで着替えた、薄手のTシャツ越しには体温以外に別の柔らかい感触も伝わってきて――こっちまで熱くなってしまいそうだ。

落ち着け……相手は友達の妹だ。だから今もこうして俺のことを信頼してくれてるんだから――

「あの、先輩……？」

「っ⁉　ど、どうしたの？」

「その、勘違いしないでくださいね？　その、体力が無いわけじゃないんです。ちょっと走るのが苦手なだけで……」

「あ、ああ……そういう話。でも、結構いるって聞くよ。球技とかは大丈夫なのに、走るとすぐバテる人」

また表情なり心なりを読まれたのかと思った。

でも、だとしたら考えてたこと的に、今も朱莉ちゃんが腕にしがみついてきているままな説明がつかなくなるけれど。

内心ホッとしつつ、経験を元にフォローする。

俺もなまじ陸上部だったから、速くだったり長くだったり、なにか走るコツがないかとはしょっちゅう聞かれたものだ。

「そう、なんですか？」

「うん。まぁランニングは単調だからね。特に同じトラックを周回し続けるのはあまり楽しくもないし」

「そう、ですね。長距離走は苦手で……憂鬱《ゆううつ》です」

「あはは、俺もだよ」

「えっ」

朱莉ちゃんが目を真ん丸に見開く。

まぁ、陸上をやっていた人間が走るのが嫌いと言えば驚かれもするだろう。

とはいえ、俺が走っていたのは短距離だし、特別変な話でもないと思う。もちろん、短距離も短距離でしんどいけれど。

「モチベーションの上げ方は人それぞれだけど、朱莉ちゃんみたいな子にはタイムを縮《ちぢ》めるっていう目標を置いても、あまり面白くないだろうし」

「そうかもです」

「もういっそ、走りながら別のことを考えちゃうとか。こういうロードワークだったら景色を楽しむのもいいね。ボーっとしすぎると危ないけれど、ここはあまり車が通らない道だし」

ダイエットなり、体力づくりなり、運動不足の解消なり……ランニングやジョギングをする理由は人それぞれだけれど、楽しんではいけないわけじゃない。

むしろ自分なりの楽しみを見つけるべきで、同じ時間で長い距離を走れたとか、オシャレなカフェを見つけたとか、小さな成功を積み重ねた方が長続きするものだ。

「先輩は、楽しかったですか……？」

「え？」

「私、足引っ張っちゃって、距離も全然ですし、景色も楽しめなくて……ごめんなさ――」

「もちろん楽しかったよ」

薄《うっ》すらと涙を浮かべ、落ち込んでしまった彼女を励《はげ》ますように微笑む。

変に気を遣っているわけじゃない。本当に本心から、楽しいと思えたから。

「ここのところ、走る時はいつも一人だったからね。誰かと一緒にいるのは久しぶりで、それだけで張りが出るってもんだ」

「でも、私、遅いですし。先輩に気を遣わせて……」

「そんなの朱莉ちゃんが気にすることじゃないよ。別に俺、ストイックにタイム出そうとしているわけじゃないし。朱莉ちゃんと一緒に走れるっていう方がよっぽど大事だから」

「せ、先輩……⁉」

かあっと朱莉ちゃんが顔を赤くする。

確かに言っていてキザだったかもと自分でも照れてしまうけれど。

「それにランニングの後に朝ご飯があるっていうのも嬉しいなぁ。途中からそのことばかり考えちゃって……」

「先輩……えへへ、それはぜひ期待してくださいっ。丹精込めておつくりしましたからっ」

「おおっ、ハードル上げるねぇ」

「大丈夫ですっ！　今はちょっと恥ずかしい姿を見せちゃいましたけど、キッチンは私にとっての主戦場ですから！」

大げさな気がしつつも、そっち方面については素人《しろうと》同然な俺には自信満々な朱莉ちゃんがカッコよく見える。

「あの、先輩。なので……もう少し、このままでいいですか？」

朱莉ちゃんは照れくさそうに上目遣いでそう聞いてきた。

彼女にとっての主戦場がキッチンなら、俺にとっての主戦場はこの道の上……というのは大げさか。もう陸上部でもなんでもないし。

ただ、一日《いちじつ》の長《ちょう》はあるわけだし、少しくらい年上らしい頼れるところを見せようとしても罰は当たらないだろう。

「もちろん、いくらでも頼ってよ」

「は……はいっ！　いくらでも頼っちゃいます！」

そう思いっきり腕を抱きしめてくる朱莉ちゃんの感触はあまりに柔らかく、夏の熱気よりも熱く——容赦なく理性をぶっ飛ばそうとしてくるけれど、俺は朱莉ちゃんの死角である脇腹を強く抓《つね》ることでなんとか理性を保つ。

恐ろしいまでに無邪気な女子高生……彼女からしてみれば俺は兄の延長にいるのかもしれない。頼られるのは嬉しいけれど無防備にもほどがある。

ただ——

「ふふふっ♪」

まるで鼻歌でも歌いだしそうなくらいご機嫌に笑う朱莉ちゃんを振り払うことができる筈もなく……俺は押し寄せる煩悩《ぼんのう》の波に必死に抗いながら、永遠にも思える帰路を歩くのだった。

これが俺にとって地獄だったか、天国だったかは——胸の内にしまっておこう。

◇◇◇

「「いただきますっ！」」

家に着き、互いに麦茶を一杯ずつ飲み干し、ちゃちゃっと食卓を整えて、向かい合い手を合わす。

シャワーを浴びた方が良かったかもなんだけれど、それよりも食欲を優先した俺達は汗を適度に拭くだけですました。

むしろそういうのに気を遣いそうな朱莉ちゃんが率先《そっせん》して提案してきてくれたので、俺としてはありがたい話である。

今朝の献立は、白米に味噌汁《みそしる》。ベーコンエッグにレタスのサラダという和洋折衷《わようせっちゅう》な内容だった。

たまに食べる牛丼チェーンの朝定食なんかもこういうメニューを出していたりするし、案外普通なのかもしれない。

「卵、温め直したので少し硬くなっちゃいましたね」

「うん、でも俺的には硬めの方が好みかな」

「そうなんですね。先輩は硬めが好き……硬めが好き……」

自身に刷り込む様に、何度かそう唱える朱莉ちゃん。

「わざわざ覚えるほどじゃないと思うけど……もしあれだったらメモとか取ったら？」

「いえ、食事中にスマホを使うのは行儀良くないので！」

「真面目だなぁ……俺くらいしか見てないのに」

「でも、先輩が見てますから」

朱莉ちゃんは背筋をピンと伸ばし、真剣な表情で言う。

信頼されているのか、まだ緊張させてしまっているのか分からないけれど、本人がそうしたいなら否定することもできない。

ほんの少し気まずさを感じつつ、味噌汁を一口含む。

「うん、やっぱり美味しい」

「えへへ、ありがとうございます」

「これ、普通に売ってる合わせ味噌で作ったんだよね？」

「はい。出汁《だし》からとるのはちょっと大げさですし、市販のお味噌でも十分美味しいですから」

朱莉ちゃんの料理はなんというか普通だ。もちろんいい意味で。

昨日のカレーもスパイスから作るものではなく、俺もよく知る市販のカレールーを使っている。

今日の味噌汁もそう。乾燥ワカメに、一丁100円もしない豆腐に……多分、傍《はた》から見て特別なことは何もない、ごく普通の家庭料理だ。

けれど、だからいい。特別ではなく、当たり前で美味しくて、なんというか家にいる感じがする。

「はあ……」

味噌汁も、ベーコンエッグも、サラダも……特別なものはないのに、食べればなんだか溜息が吐《つ》きたくなる。

ホッとするんだ。それこそ実家暮らしの時は当たり前に感じていたものが……。

じんと胸が熱くなる。朱莉ちゃんが言っていた、「男の一人暮らしには女の子の手料理が必要」というのも分かる気がする。

女の子というか、誰かが作ってくれたご飯を食べられるっていうのは凄《すご》く幸せなことなんだなって。

「先輩？　どうかしました？」

「え？　あっ、いや……」

なんだかまぶたの奥が熱くなる感じがして、つい固まってしまっていた。

朱莉ちゃんからの指摘に咄嗟《とっさ》に取り繕《つくろ》いつつ、改めて一口一口ありがたく食事をいただく。

なんというか、たった５００円の対価にこんないい目にあっていいのだろうか。一応食費は俺の財布から出しているとはいえ。

なんて思いながらも、欲望に忠実な俺の身体は躊躇《ちゅうちょ》なく箸《はし》を動かし続け、目の前にあった朝食はあっという間にまっさらになった。

「ごちそうさま」

「はい、お粗末様《そまつさま》です」

目の前の朱莉ちゃんへの感謝を込めて両手を合わす。なんとも久々な充足感を覚えながら。

そして食後特有のまったりタイムに入りそうになったのだけれど――

「あっ、朱莉ちゃん。片付け俺がやるよ」

「大丈夫です。私やりますよっ」

にっこり笑いつつ、空の皿を重ねていく朱莉ちゃんに、一瞬『昨日もやってもらったんだし、そのまま任せてもいいか』と流されかける俺だけれど、すぐに改め食い下がる。

「いや、シャワー浴びたいでしょ。それに、美味しいご飯を食べさせてもらっただけで片付けまでさせるのは悪いし」

「お気持ちは嬉しいですけど……先輩、食器洗いとか苦手と仰《おつしや》ってましたし。それに、準備したんですから片付けもきっちりやらなきゃ」

「う……いや、やる。家でもさ、母さんがご飯用意して、後片付けは父さんがやってたし！」

今時、男が働いて女が料理するなんてスタンダードじゃないかもしれないけれど、うちは父の片働きで母は専業……家のことはほとんど母がやっていた。けれど任せっきりではなくて、食後の食器洗いは父がやっていた。まぁ、可能な限りで毎回じゃなかったけれど。

仕事で疲れて帰ってきて、それでも率先して後片付けをする父に、実家で暮らしていた当時は特に何も思わなかったけれど……でも、今はなんとなく気持ちが分かる。

「お母さまが、料理。お父さまが、後片付け」

「さま……？」

なぜかロボットみたいに俺が言ったことを繰り返す朱莉ちゃん。

そしてなぜか、顔を真っ赤にしている。そんな恥ずかしがられるようなことを言っただろうか……？

「あの、先輩」

「う、うん？」

「僭越《せんえつ》ながら、私、先輩のお言葉に、甘えさせて、いただきたい、次第、ですが」

「そ、そっか。良かった、それじゃあ……」

「先輩のお母さまみたいに、私が料理して、先輩のお父さまみたいに、先輩が後片付けして、という、感じで……えへ、えへへ」

「う、うん」

そう何度も繰り返されると、俺じゃなく白木家《しらぎけ》の事情を覗かれているみたいで恥ずかしくなってくる。

とにかく朱莉ちゃん的にも異論はないみたいなので、後片付けは俺が引き継ぐこととなった。その間に朱莉ちゃんにはランニングの汗を流してもらって――

「そうだ、先輩。お洗濯もしちゃっていいでしょうか？」

「ああ、うん」

「ちなみにですが、洗濯は、その、お母さまとお父さま、どちらがやられていたのでしょうか？」

「え？　ええと、母さん、かな？」

「そうですかっ！　では、私が担当しますね！　先輩のお母さまみたいにっ！」

朱莉ちゃんはそう意気込んで、せわしなく洗濯機がある脱衣所へ駆けていく。シャワーを浴びて、ついでに洗濯機を回すつもりなんだろう。

ていうか、両親の家事の分担具合が見事にいじられてる……なんかごめんなさい、父さん、母さん。

そう遠くの両親に心の中で謝罪しつつ、食器をキッチンへと運び、一つずつ丁寧に洗っていると、突然脱衣所のドアが開き、その陰《かげ》から朱莉ちゃんが顔を覗かせた。

「……先輩」

「ん、どうしたの？」

「あの……その……下着、どうしましょう」

「下着？　……あっ‼　そうだね！　下着‼　ごめんッ‼」

一瞬何のことか分からなかったけれど、昨日風呂に入る時に、いつもと同じように洗濯カゴに投げ入れてしまっていたことを思い出し青ざめる。

も、もしかして、今俺のパンツが朱莉ちゃんの目に……⁉

「か、回収します！　ええと、ネットに入れて、いや、そもそも朱莉ちゃんの洗濯物とは分けて……あぁ、どうして昨日気が付かなかったんだ……⁉」

「あ、あの、先輩。私、別に先輩のと一緒に洗っても、その……いいです、けど」

「いや、そんな気遣わないで」

「先輩のお父さまとお母さまも別々に洗ってます……？」

「そのいじりはもういいからっ！」

なんだか息子の俺まで恥ずかしくなってくる。ちなみに我が家は家族3人、男女の区別なくいっぺんに洗濯してましたけどっ！

「先輩の方こそ気を遣わないでくださいっ！　私、居候《いそうろう》……というか、借金のカタの身ですし！　その、お互いネットに入れていればいいと思うんですっ！」

「いや、でも……うーん……」

「水道代だって余計にかかっちゃいますし……うう、もし先輩がどうしても洗濯を分けるとおっしゃるなら、私、洗濯結構ですっ！」

「ええっ⁉」

朱莉ちゃんが変なことを言いだした！

洗濯を拒否するってことは、つまり、ずっと同じ服を着回すってことか……⁉

「それは良くないよっ！」

「だって、水道代だって余計にかかっちゃいます！」

「いや、そんなこと言ったら……」

料理、トイレ、風呂……一人が二人になれば水道の利用量も単純計算倍に膨《ふく》れ上《あ》がるんだけど、それを口にするのは完全に藪蛇《やぶへび》だ。

『それじゃあトイレも行かないしお風呂にも入りません！』なんて言われたら今以上に厄介なことになる。

「わっ、分かった。分かったから！　じゃあ、俺の下着をネットに入れる。それで一緒に洗濯して！　ねっ！」

「……分かりました。後から撤回しないでくださいね？」

「しないしない！」

俺は大きく頷きつつ、内心ホッとする。余計な形に発展しないで良かった、と。

「それじゃあ、先輩。お手数ですが、ここからピックアップしてもらえると」

朱莉ちゃんはそう言いつつ、脱衣所から洗濯カゴを出す。

「あれ、どうしてわざわざ外……に……」

反射的に聞きながら、しかし、洗濯カゴの一番上に置かれた服を見て言葉を失う。

それは、先ほどまで朱莉ちゃんが着ていたTシャツだった。

「すみません……気が付いたのが、服を脱いだ後で、今はその……少々姿を晒すのは、あまりよろしくない状況といいますか……」

「そ、そうだねっ！」

「着直すのも、その汗がじっとりしていて手間と言いますか……い、一応、下着はつけているので、どうしてもということであれば……！」

「言ってない！　言ってないからそこで待っていてくださいっ！」

俺はそう叫び、急いでネットに下着を詰めようとする……が、

「あの、朱莉ちゃん。洗濯ネットなんだけど……脱衣所の、その、洗濯機の上の棚のところにあって……」

「え？　あっ、あれでしょうか？　よいしょっ……と。ありましたっ！」

「ありがとう、それをくれると──」

「ええっ⁉」

なぜか驚きの声を上げる朱莉ちゃん。

いや、今回は絶対に変なことは言っていないはず──あれ、なんだか嫌な予感が……？

「わ、分かりました……その、恥ずかしいですけど……！」

そんな不穏な一言の直後、脱衣所のドアがゆっくり、ゆっくり開き始める。

あ、これ、嫌な予感が的中したパターンだ。

「ストップ！　すとぉおっぷ‼　朱莉ちゃん！　わざわざ手渡しする必要ないから！　洗濯カゴの時みたいに通路に投げ捨ててくれればいいからっ‼」

「あっ‼　そ、そうですね⁉」

朱莉ちゃんも気付いたのか、声を上擦《うわず》らせながら通路に洗濯ネットをバチーンッ！と叩きつける。いや、洗濯ネットってそんな綺麗《きれい》に叩きつけられるものなの……？

「い、今の内ですっ！」

「お、おう！」

謎のテンションで相槌《あいづち》を打ちつつ、朱莉ちゃんが脱衣所のドアを閉めた瞬間に走り、洗濯ネットを確保。朱莉ちゃんの脱いだ服に触れないよう迅速にマイパンツ（トランクスタイプ）をピックアップし、洗濯ネットへと封印する。

よし、諸悪の根源はこれで処理完了。そもそも急ぐ必要があったかは疑問だけれど……あ、そうだ。

「朱莉ちゃん、一個洗濯物追加していいかな」

「へ？　もちろん、どうぞ」

なんでそんなことわざわざ聞くんだ？　といった反応の朱莉ちゃんに、確かになんで聞いたんだろうと思う俺。

まぁ、いいや。俺は着ていたシャツを脱ぎ、万が一洗濯ネットが透けるなどして中身が朱莉ちゃんの目に触れないよう、くるむ。

そして、洗濯カゴを脱衣所のドアを開けたすぐのところに配置し直し……これで良し！

「朱莉ちゃん、いいよー」

「はいっ！」

恐る恐るといった様子でゆっくり脱衣所のドアを開ける朱莉ちゃん。

そしてズルズルと洗濯カゴを脱衣所に引き込み、バタンとドアを閉める。

ふぅ……これで下着姿の彼女とバッタリするハプニングは回避されたな……！

そう安心しつつ、洗い物を再開——いや、その前に上を着よう。さすがに上裸のままだと、シャワーを終えた朱莉ちゃんに見られる可能性があるし。

そう思い、キッチンから寝室へと移動しようとしたその時のことだった。

——我が家の配置は以下のとおりになっている。

玄関から寝室までの通路にはキッチンが併設《へいせつ》されており、ここに脱衣所へのドアがある。脱衣所には洗濯機と洗面台が置かれていて、また、浴室とトイレもここから繋《つな》がっている。ちなみに風呂・トイレ別だ。

そして、通路から脱衣所へのドアは開き戸になっている。よくある、ドアノブを捻《ひね》って開けるタイプのやつだ。

脱衣所から押して開くドアは通路側から見ればちょうどキッチンの方を隠してくれるため、さっきまで俺と朱莉ちゃんは対面せずにすんでいたのだ。


そして、そしてだ。

脱衣所からのドアはキッチン方面には壁となり隠してくれる。だが、片開きであれば当然逆側には無防備だ。

キッチンの逆側にある寝室の方へは。


別によくあるレイアウトなのだろう。特別良いと感じたことはないけれど、不便と思ったこともない。

けれど、俺は、服を取りに寝室の方へと向かいながら——なぜか、再び、脱衣所のドアが開き出したのを見て、初めてこの部屋の造りを呪《のろ》った。

「せ、先輩っ！　これ、脱ぎたての……ぉ……」

なぜ、彼女はわざわざドアを開けたのか。

なぜ、俺はそれに気づいてなお足を止めてしまったのか。

そもそもなぜ、俺は朱莉ちゃんが完全に浴室に入るまで待てなかったのか。

なんて、全て後の祭りだ。


事実として、朱莉ちゃんは浴室のドアを開けてしまった。

そして、この部屋の構造上、遮るものは何もなく……俺達ははっきり目と目を合わせてしまう。

短パンだけはいた上裸の俺と、俺のＴシャツを握りしめた下着姿の朱莉ちゃん。

（ぴ、ピンク……）

もう、言い逃れできないほどバッチリと見てしまった。

ざんね――いや、不幸中の幸いだったのは、朱莉ちゃんがまだハーフパンツをはいていたことだ。服を脱いでから気付いたというのはシャツの段階でだったらしい。それは良かった。本当に良かった。

けれど、上半身だけでもとんでもない破壊力だ。
間違いなく羞恥《しゅうち》から顔――だけでなく首まで真っ赤になる朱莉ちゃんは、ドアを開けたまま固まってしまっていて、俺もどうしてか縫《ぬ》い付《つ》けられたみたいに動けない。

なめらかで柔らかそうな肌。はっきりと膨《ふく》らんだ胸。筋肉質ではないけれどほどよく締まった腰回り……どうしても目が滑《すべ》ってしまう。

（って、何まじまじと眺《なが》めてるんだ。バカ。自制しろ。彼女は――）

そうだ。彼女は友達の妹だ。たった一つしか年の変わらないの女の子だ、なんて思うな。

きっかけはメチャクチャで、話も唐突で、はっきり彼女――というか、宮前《みやまえ》兄妹《きょうだい》の目的が分かってるわけじゃないけど……でも、受け入れるって決めたんだ。

きっと朱莉ちゃんも、昴も、俺を信頼してくれているから……だから、それをこんなことで裏切りたくない。

「ごめんっ！」

「あ……」

俺は自分の馬鹿な欲望を吹っ飛ばすように、腹の底から叫び背を向けた。

実際どれくらいの時間見ていたのかは全く分からない。永遠のようにも思えたし、一瞬にも思えた。

けれど見てしまった。その事実はもう曲げられない。だから謝らなきゃ……と、背を向けたまでは良かった。

……次の言葉が浮かばない。どんなに頑張っても、ごめんという謝罪の言葉しか浮かばない。

でも、謝罪は重ねれば重ねただけ軽くなる。昔、そう教わった。

だから『ごめん』以外の言葉を、何か、何か——

「先輩」

その声は思わず呆気《あっけ》にとられてしまうほどに穏やかだった。

「どうして、先輩が謝るんですか。悪いのは私なのに。勝手に動揺して、ドア開けちゃって」

「い、いや、そんなことないよ。俺が変に動いたのが悪いんだし……」

「でも、先輩も着替えなきゃですし——くちゅっ！」

突然のくしゃみに思わず振り向きそうになるけれど、けれどその前になんとか自制する。

そしてくしゃみをした朱莉ちゃんは、照れくさそうに笑い声を零《こぼ》していた。

「す、すみません。つい……」

「いや、よくよく考えたら、二人とも裸のまま何やってるんだって感じだよね……？」

客観的に見ればこの構図は相当変だ。当事者からしたらたまったものじゃないけれど。

それに夏場故《ゆえ》に冷房の効いた室内は素肌を晒しておくには肌寒い。ただでさえ汗をかいて身体が冷えているというのに。

「とりあえず、その……シャワー浴びたら？」

「そう、ですね。そうします！　ありがとうございます、先輩っ！」

元気よくお礼を言って、朱莉ちゃんは脱衣所のドアを閉めた。

そして、少ししてまた奥のドアが閉まる音がした。浴室に入ったんだろう。

「はぁ……」

それを聞き届けて、俺は肩の力が抜けるのを感じた。

けれど気持ちは重たいままで――そりゃあそうか。審判が先延ばしになっただけだし。

「参ったな……そりゃあ、同じ部屋で暮らしてれば、いつかこういう瞬間は来るかもしれないって思わなくもなかったけれど……にしたって早すぎるだろ⁉」

来ないとも限らない……けれど、来ないで欲しかったハプニングだ。

そして、いつか来ると心構えをするにはとても時間が足りなくて……だって朱莉ちゃんが来て次の日だぞ⁉　しかもその朝‼　丸一日も経《た》ってないっ‼

「ぐぅ……いや、俺が唸《うな》ったって仕方がない。つらいのは朱莉ちゃんの方なんだし……」

そう自分に言い聞かせ、とりあえず代わりのTシャツを着る。

そして放り出していた食器洗いを続けることにした。思考放棄のための手慰《てなぐさ》みだ。

でも、皿についた汚れが落ちていくのを見ていると、なんだかほんのちょびっと気が晴れる感じがした。

◇◇◇

「先輩。私、別に怒ってないですよ？」

「……え？」

シャワーを浴びて、ランニングに行く前の私服に着替えた朱莉ちゃんを、年長者としての尊厳をかなぐり捨てた渾身《こんしん》の土下座で出迎えると、彼女は怒るでも笑うでもなく、ただただ困惑した様子でそう返してきた。

「だって、お互い様じゃないですか。私も見られちゃいましたけど、私も、その、先輩の身体見ちゃいましたし……」

「いや、男のそれと女の子のじゃ全然釣り合いが……」

「それは先輩が男性だからですよ。私にとってはむしろ……い、いえ。とにかく、どっこいどっこいなんです！」

朱莉ちゃんは顔を真っ赤にしつつ、身を乗り出して、力強くローテーブルを叩いた。

「だから、先輩もそんな申し訳なさそうな顔はやめてください！　何も悪いことなんかないんですから！　なんだったらもう一度見ます⁉」

興奮した様子の朱莉ちゃんは顔を真っ赤にしたまま、なぜかブラウスのボタンに手を当て、一番上から外し始めた……って、ええっ⁉

「い、いや、大丈夫だからっ！」

咄嗟に朱莉ちゃんの手を摑《つか》み、止める。

「それは、さすがに、意味が分からないからっ！」

「あ……そ、そう、ですね……」

「分かったよ。もう気にしない」

朱莉ちゃんの手を放し、深く溜息を吐く。

モヤモヤが完全に消え去ったわけではないけれど、何よりも強い疲労感を覚えていた。

これでまだ昼の12時も回ってないって本当……？

朱莉ちゃんはどうなんだろうと思って目を向けると、両手をじっと見つめながらボーっとしていた。

「あっ、洗濯機！」

が、いきなりそう叫んで顔を上げ、俺を見る。

「あの、先輩に聞こうと思ってたんです。洗濯機の使い方とか、私の家にあったのとは違う機種なので」

「あー……でも、俺もまともに説明書読んだことないし、テキトーに弄《いじ》ってもらえれば……」

「…………先輩？」

「あ、はい。教えます教えます！」

「はい、よろしくお願いしますっ」

ニッコリと天使のようなスマイルを浮かべる朱莉ちゃんだが、俺はその前の圧のある笑顔の方が印象的に思えた。いや、そりゃあ、つい適当にやり過ごそうとした俺が悪いんだけど。

そんなわけで朱莉ちゃんに洗濯機の使い方をレクチャーするため、脱衣所へ。

そして二人並んで洗濯機を操作するんだけど……近い。めっちゃ近い。

素肌を見られた相手にとる距離感じゃない。相変わらず俺と同じシャンプーやボデイーソープを使っているはずなのにめちゃくちゃいい香り漂わせてるし……！

「柔軟剤は、この柔軟剤投入口ってところに入れればいいんですね？」

「うん。洗剤は洗濯物と一緒に入れればいいから」

「分かりました！」

実際、一人暮らし相応の安物だ。できることが少ない分操作もシンプルで、朱莉ちゃんもすんなり使い方を理解していく。それこそ、最初から分かってたんじゃないかってくらいすぐに。

「これでオーケーですね」

操作を終え、動き出した洗濯機を見届けると、朱莉ちゃんは満足げな笑顔を浮かべた。

が、すぐにハッとしたように俺に顔を向けてくる。

「そういえば先輩。先輩はシャワー浴びなくていいんですか？」

「え、あぁ……すっかり忘れてた。まぁ、汗も引いたし、今日は別に――」

いや、待て。

確かに普段の俺ならズボラさにシャワーはスルーしただろうけど、今は女の子の前だ。

女の子の前で汗臭いままでいるというのは、いわゆるスメルハラスメントと呼ばれるものなのでは……⁉

「と、思ったけど、軽く流そうかな、うん」

「そうですか。それじゃあ私出て待ってますね」

「うん、適当にくつろいでて」

脱衣所から出ていく朱莉ちゃんを見送り、しっかりドアが閉まったのを見届けて服を脱ぐ。

まぁ、洗濯機を回した今、脱衣所でやる用事も終わったはずだ。ハプニングはもう無い！

「せ、先輩」

「のあっ⁉」

もう無いと考えた傍《そば》から、ドア越しに声をかけられ仰《の》け反《ぞ》る俺。

「のあ……？　あ、いや、すみません！　その、ええと……」

「ど、どうしたの？」

思わず変な声が出てしまったが、なんとか平静を取り繕う。いや、取り繕えてないな。変な声出したんだし。

とにかく、落ちつけ。変に慌てれば、朱莉ちゃんが心配して脱衣所に乱入してくるという可能性もゼロじゃない。

いや、本当に、今入ってこられるのはマズいんだ。だって、さっきと違って上だけじゃすまない状態だから！

なんでこの脱衣所鍵付いてないんですか設計者ァ⁉

「その、今聞かなきゃいけないことじゃなかったんですけど、その……」

今聞かなくていいことなら、今聞かないで欲しかった。

そう思わなくもないけれど、だからって「じゃあ後にして」なんて言えないし。

「いいよ。なに？」

俺は朱莉ちゃんを慌てさせないように努《つと》めて柔らかく紳士的に聞く。外見は紳士的じゃないけれど。

「じゃ、じゃあ、その……洗濯後の先輩の、ぱ、パンツのことなんですけどっ！」

あ、そうだ。バスタオルを巻いとけば最悪の事態も――え、なんだって？

「その、ネットに入れて洗っていただいたのはいいんですが、干すときは多分ネットから出さないといけないと思うので、その、私がそれをやってもいいのか、念のため聞いておければなと……」

いや、本当になんで今聞きに来たの⁉

「もしも、その、先輩のお召しになっていたパンツを私如きが触ってもよろしいという話でしたら、私も、それなりの心構えをしたうえで、臨ませていただきたい所存、で、ありまして」

なんかまたロボットみたいに固い喋《しゃべ》り方《かた》になってる！

それになんで、そんなにへりくだってるんだ……⁉

「そ、それは俺がやるからっ！　だからそんな心構えとか必要ないからっ‼」

「え、でも……先輩のお父さまも、自分のパンツは自分で干されるんですか？」

ここに来てまた親いじり……⁉

「そ、そういえばそうだったなぁ！　俺の父さんも自分のパンツは自分で干してたなぁ！」

ごめんなさい、父さん。どうしてこうなったのか俺にも分からないけれど、俺の友達の妹から、父さんは自分のパンツは自分で干す人になってしまいました。

まぁ、悪いことやってるわけじゃないんだし、父さんも許してくれるよな……？

「そうですか……分かりましたっ！　先輩のお父さまはご自分でパンツを干されて、お母さまがそれ以外の物を干すということですねっ」

「うん、そう！」

「はぁ……なんだかすっきりしました。ありがとうございます、先輩」

「そう。それなら良かったよ。あはは……」

鼻歌混じりに脱衣所の前から去る朱莉ちゃんの足音を聞き届け、俺は深く溜息を吐いた。

なんだかすごく、とてつもなく疲れた。とにかく、また何か起きる前にさっさとシャワーを浴びてしまおう。

そう、内心落ち着かない気持ちでシャワーを浴びつつ、女の子と暮らす難しさをしみじみと実感する俺だった。

まったく余談だけれど、朱莉ちゃんは今回の宿泊の為に、下着を入れたまま干せる洗濯ネットを持参したらしい。

なんだかちょっとズルい感じがしたけれど、でも自分ちのベランダに女の子の下着がそのまま吊《つ》るされていたら多分変に気にしてしまっていたと思うので、最終的には『やっぱり朱莉ちゃんは気遣いできるいい子だ』という形で落ち着くのだった。

第5話 友人の妹がやってきて初めてのアルバイトの日な話

朱莉《あかり》ちゃんがやってきてから数日が経《た》った。

最初はどうなるかと思った突然の同居生活だったけれど、案外やってみれば慣れていくもので、2日目の朝にあったようなハプニングも失敗を踏まえたルール整備によってなんとか再発を防げている。今のところは。

「えーっと……」

そして早くも我が家に馴染《なじ》み始めている朱莉ちゃんはというと、ローテーブルに広げた問題集と睨《にら》めっこしていた。

彼女は高校三年生。そして大学進学希望だ。当然この夏休みは受験の結果を左右するとても大事な時期であり、こんなところで借金のカタ——というか、家事手伝いをしている場合じゃないのだけれど。

だから、今みたいに特にやることのない暇《ひま》な時間は進んで受験勉強に精を出してくれていると少し安心する。いったいどんな立場でコメントしてんだよって感じだけど。

朱莉ちゃんは優秀という前評判に違《たが》わず、目の前にいる現役大学生に頼ることなく黙々と問題を解いていっている。ここに来る前に買った、初めて開く問題集と言っていたけれど、まるで復習しているみたいにペンは淀《よど》みなく走っている。

「先輩っ」

「ん、できた？」

「はい。採点お願いしますっ！」

朱莉ちゃんがニコニコしながら、ノートと解答集を差し出してきた。

そう、これが今の俺の役割だ。

朱莉ちゃんに奉仕《ほうし》してもらってばっかで、何も返せていないことに罪悪感を覚えた俺は、受験を終えた2月から約半年もブランクがあるのにもかかわらず、「何か分からないところがあったら聞いてね」なんて偉そうに言ったのだけれど……その結果与えられた役目がこの採点役だった。

うん、たぶんいらない。なぜならこの子、間違えないからだ。優秀という噂《うわさ》も昴《すばる》の自慢も全てが真実だったと嫌でも分からされてしまう。

家庭教師役に名乗りを上げた時は、あんなに目を輝かせて喜んでくれたのだけれど……と少しばかり悲しく思いつつ、マルバツを……訂正、マルを付けていく。

「うん、今回も全問正解だね」

もう何度か採点係をやらせてもらっているけれど、未《いま》だに間違いを見たことがない。優秀といってもここまでとは。

「先輩、先輩っ！」

そして、ノートと解答を受け取った朱莉ちゃんは、頰《ほお》を紅潮《こうちょう》させつつ身を乗り出して何かを期待するように目を輝かす。

パタパタと勢いよく尻尾《しっぽ》を振る犬の姿をダブらせつつ、俺は彼女の頭に手を伸ばした。

「さ、さすが朱莉ちゃん。偉い偉い……」

「えへへへへ……！」

頭を撫でると、朱莉ちゃんはこれでもかと嬉《うれ》しそうに頰を綻《ほころ》ばす。

それがまた魅力的で、つい俺も照れてしまうのだけれど、そんな俺の気も知らずか、むしろ朱莉ちゃんは自ら俺の手の平に頭を擦《こす》り付《つ》けてくる感じさえする。

「そんなにいい？　これ……」

「はい……最高ですぅ……」

「そ、そっか。それならいいけど」

俺にできることはそんなに多くないので、頭を撫でるだけでも朱莉ちゃんのためになっているなら嬉しいけれど、労力と結果が伴《ともな》っていない感じがなんとも……。

そんなことを思いつつも、中々止め時が分からずにひたすら無心で朱莉ちゃんの頭を撫で続けていた俺だったが、不意にポケットのスマホの振動で我に返る。

着信ではなく、予《あらかじ》め設定していたアラームによるものだ。

「あぁ、ごめん朱莉ちゃん」

「はいぃ……？」

「昨日も言ったけれど、俺今日バイトなんだ。そろそろ行かないとだから……」

「……ああ、そういえばそう仰《おっしゃ》ってましたね」

あ、あれ？　なんだか声のトーンが僅《わず》かに下がったような……？

「確かバイト先って喫茶店でしたよね」

「う、うん。そうだけど、どうかした？」

「いえ、聞いただけです。今日も暑くなるみたいなので、熱中症にはお気をつけくださいね」

「あ、ありがとう。あぁ、朱莉ちゃんも自由にしてていいからね。冷房もガンガン効かせちゃっていいし」

「ありがとうございます。ああ、でも、私もちょっとお散歩にでも行きたいなぁって思ったりするわけですが……」

「それじゃあ合鍵渡しておくよ。迷子にならないように……は、失礼か。スマホで地図見ればいいし」

「あはは……」

「まぁ、出かけるならあまり遅くならないようにね」

「はいっ、ありがとうございますっ」

そう、やけに綺麗《きれい》な笑顔を浮かべる朱莉ちゃんに引っ掛かりを覚えたけれど、時間的にかなりギリギリだったこともあり、俺は急いで準備し、朱莉ちゃんを残して家を出るのだった。

◇◇◇

喫茶『結《むす》び』。住宅街にひっそりと佇《たたず》む個人経営のこの喫茶店が俺のバイト先だ。

オシャレかどうかは分からないけれど、この店のアンティークで落ち着いた雰囲気は結構好きだ。まるで映画のワンシーンに登場しそうな趣深《おもむきぶか》さを感じさせるというか。

俺は大学に入学した4月からこの店で働かせてもらっている。ランチタイムこそそれなりに混んで忙しいけれど、勝手が分かる常連さんも多く、アクシデントもほとんど起こらないので、接客初心者な俺にとってはなんともありがたい環境だ。

「はぁ……」

「ん、どーしたの。随分深い溜息ね？」

ランチタイムが終わって、ちょうどお客さんがいなくなったタイミング。

テーブルを片付け、ついでに店内を掃除しながらつい漏らした溜息を、同じくこの店で働く女性、結愛《ゆあ》さんに耳聡《みみざと》く拾われてしまった。

結愛さんはこの喫茶店を経営するマスターの娘で、なんともこの喫茶店の雰囲気に合う美人だ。

まぁ、店の内装は彼女の意見を存分に取り入れたものらしいので、彼女に店が合っていると言うべきかもしれないけれど。

パリッとしたワイシャツにベージュのチノパン、そして無地のエプロンを装着した、俺と同じ制服姿なのだけど、結愛さんが身に着けると随分と絵になる。

それこそ彼女の姿を拝《おが》むのを目的の一つとして訪れる常連さんも少なくない。

「何無視してるのよ。うりうり～」

結愛さんはエプロンの上からでもはっきり浮いて見える双丘を押し付けるようにバックハグしてきながら、からかうように囁《ささや》いてくる。

ついでに人差し指でぐりぐりと頬を突《つつ》いてくるオプション付きだ。痛い。

「結愛さん……お客さんがいないからって近すぎです」

「えー、お客さんがいないならいいじゃない。アタシともとむんの仲なんだからさ」

「なんですか、その呼び方」

「なんだかゆるキャラっぽくて可愛《かわい》くない？　求《もとむ》、もとむん、もっともとむんの順に進化していくの」

何が可愛いのか、自分の名前をベースにされると全く判断ができない。ただただ馬鹿にされているような感じしかしない。

「ねぇねぇもとむん～。いつもともむんはもっともとむんに進化するのぉ～？」

「うっぜぇ……」

ぐりぐりと指の腹で頬を抉《えぐ》ってくる結愛さんに、俺はついぼやく。

お客さんの前ではお淑《しと》やかで落ち着いた大人の女性みたいな印象で通している彼女だが、裏ではこんな子どもみたいな絡み方をしてくる。

いや、実際子どもなのだ。自由気ままに思うがままに生きている。たしか今年で26歳だったか。いい年して定職にも就かずに――

「もとむん、何か失礼なこと考えてるよね？」

「……いや？　そんなことより掃除の手止まってますよ。のんびりしてたらお客さん来ちゃいます」

「はぁい」

結愛さんは拗《す》ねたみたいに気怠《けだる》げな返事を返しつつ、テーブルに置いていた台ふきんを拾う。

「もとむんは人使い荒いよね～。アタシ、フロアもキッチンもやってんだよ？　こういう暇な時間くらい休ませてくれたっていいのにさぁ」

「今はキッチンも暇じゃないですか。それにさっきまで休憩入ってたし」

「ぐ……あれ？　そういえば、なんか求、顔色良くない？」

「露骨《ろこつ》に話題逸《そ》らしたな……？」

「いやいや、褒めてる――じゃなくて、安心してるの。これでもお姉さん心配してたんだゾ。ほら、慣れない一人暮らしだし、変なものばかり食べてんじゃないかって」

「そう思うなら賄《まかな》いでまともな物食べさせてくださいよ……」

この店で出すメニューについて、コーヒーは店長——マスターの専任で、料理は主に結愛さんが担当している。まぁ、料理はマスターもできるので、結愛さんがいない時はマスターがカフェカウンターとキッチンを行き来する。

俺はもちろんフロア専門だ。料理なんて碌《ろく》に作れないし。

そして一応バイトの対価として時給の他に賄いも出してもらえるのだけれど、結愛さんは何故《なぜ》か店に出す前段階の試作料理を出してくる。

当然試作というだけあって、当たりも外れもある。

当たりであれば想像を絶《ぜっ》するほどの絶品料理を味わうことができる。それこそ賄いからこの店の看板メニューが生まれることだってあるのだ。

しかし、そんなホームラン級の当たりがあれば、一発退場レベルのハズレだって存在する。そのハズレを引いた時は……ああ、思い出すのも恐ろしい。

体感、当たりハズレは半々……いや、ハズレの方が多いくらいか。おかげで賄いの前には嫌な緊張に心臓がバクバク跳ねるようになったし、当たりを引いても喜びよりも安《あん》堵《ど》が先に来てしまうようになってしまった。

俺にとって結愛さんの作る賄いは働いた後のご褒美というより、運試し的な試練に近い。


「えー、嬉しそうに食べてるじゃない」

「誰が、いつ」

「もとむんが、いつでも」

「結愛さんは眼科に行った方がいいよ」

「あら酷《ひど》い」

結愛さんは愉快気に笑い、更には鼻歌まで奏《かな》で始める。これはまたとんでもないゲテモ――否《いな》、挑戦的な料理を食わされるな……。

ああ、朱莉ちゃんの料理が早くも恋しい。実際、結愛さんが言うとおり、俺の顔色が良くなったとしたら間違いなく彼女のおかげだし。

「ていうか敬語崩れてるわよ？」

「……お客さんいないからいいんでしょ」

「ふーん。お姉さんの言葉をそのまま奪うなんて、もとむんも悪くなったねぇ？　そんな悪いもとむんは、求に降格ね」

「いや、よく分かんないから」

そう楽しそうに笑う結愛さんに対し、俺は溜息を返す。

結愛さんは年上ではあるけれど、お客さんの前じゃなければ基本タメ口で話している。日常的に敬語を使う間柄でもないし。

「それで求。人には話題を逸らしたなんて言ってきたけど、最初の溜息の件はスルー？」

「別に……口癖みたいなものだよ」

「溜息が口癖ならすぐに改善した方がいいわね。知ってる？　溜息を吐《つ》くごとに幸せが逃げていくって話」

「どっかのウェブニュースに書いてあった？」

「常識よ。まぁ、あの溜息はそういう質のものでもなかったけれど。言うなら……うん、幸せ太りみたいなもの？」

「全く意味が分からないんだけど……」

たまに、というか結構な頻度で、結愛さんはよく分からないことを言い出す。

俺が溜息を吐いたのは、家に残してきた朱莉ちゃんを思ってのこと。

朱莉ちゃんは俺の前だと楽しそうにしてくれているけれど、結構気を遣《つか》ってしまうタイプだ。一人部屋に残されて居心地悪い気分になってしまっていないだろうか、と。

うん、そうだ。朱莉ちゃんも心配だし、今日は賄いは遠慮して、バイトが終わったらすぐに帰ろう。それがいい。

「ねぇ求。一個良いこと教えてあげようか」

「いや、遠慮し――うぷっ⁉」

「生意気禁止っ！」

結愛さんは強引に肩を組み、あろうことか自身の大きな胸に俺の顔を埋《うず》めさせるようにして口を塞《ふさ》いできた。

いや、そんな塞ぎ方ある⁉

「いーい、求。女の子の前で他の子のことを考えるのはマナー違反よ。イイ男っていうのは常に目の前の女の子に集中するものなの」

（女の子……？）

「あ？　26歳はもう女の子じゃないとか考えないわよねぇ？」

（な、何でバレた⁉）

口を塞がれ反論できないし、藻掻《もが》けば藻掻くほどこの柔らかな胸に沈み込んでしまいそうなので、極力大人しく聞いていたのに、結愛さんはズバリ俺の思考を読み取ってくる。表情だって見えないはずなのに。

……いや、そもそも自覚があるんだろうな。自分がもう女の子なんて年じゃな――グう⁉

「痛《い》だだだだっ⁉」

腕の力が強くなり、胸が柔らかいなんて感想を挟む余裕が無いくらいに締め上げられる。いわゆるヘッドロック的な……⁉

「なーんか、失礼な感じがするのよね。つむじの辺りから」

「そんなところから人の感情読まないでくれない⁉」

「ほほう、否定しないってことは本当に失礼なこと考えていたってことですなぁ？」

「いやぁ、それは、うーん……」

「否定しないとは中々度胸があるじゃない。ええ？」

「うぐ……⁉　苦しい……！」

「お姉さんの心はもっと痛くて苦しいのよ？　ああ、どうしてそんな可愛げのないいや？　この生意気な感じもそれはそれで可愛いかも。うん、ちょっと生意気なツンデレ弟かっこ思春期って感じで――」

なんて、さくっと窒息させられそうになり、意識も朦朧《もうろう》としてきた時……カランカランと入口ドアに備え付けられたベルの音が店内に鳴り響いた。

「いらっしゃいませーっ!」

ぱっと、目にも留まらぬ速さで俺を離し、完璧な営業スマイルと高めの声で来店者を出迎える結愛さん。

た、助かった……! 結愛さんの外面は一級品だ。間違っても同僚を虐《いじ》めている姿など客前に晒《さら》したりはしない。

今もまるで何事も無かったかのように清々《すがすが》しい営業スマイルを浮かべていて、ちょっとムカつくけれど……なんであれ、タイミング良く来店してくれたものだ。

個人的にコーヒーの一杯くらいサービスしたいくらいだけど――え?

俺はなんとか呼吸を整え、店の入口へと顔を向け、そして――思わず固まった。

彼女は、外面で完全防備された結愛さんさえも「あら、可愛らしいお客様」と思わず呟いてしまうほどの存在感を放っていた。

アンティークな店の雰囲気に溶け込み、ドラマのワンシーンのようにも見える。

朝は着ていなかった清楚な雰囲気のワンピースで身を包み、初めて見るサンダルを履き、半開きのドアから流れ込む外気でさらさらと黒髪を揺らす少女――朱莉ちゃんの姿に、俺はつい固まってしまった。

それは神々しいと言っても大げさじゃない姿に圧倒されたというのもあるけれど、なにより、朱莉ちゃんがどうしてここにいるのか、全然理解が追いつかなかったからだ。

「あ、あの、あ、その、あな、あなたは」

突然の美少女の来店に結愛さんさえ固まる中、朱莉ちゃんはあわあわとぎこちなく話し出す。その視線は俺ではなく、結愛さんに向いていて——あれ……？

なんだか目の焦点が合っていないような。というか顔色もどこか青白い感じが——

「はふぁ……」

「ちょっ⁉」

「朱莉ちゃんっ‼」

突然身体《からだ》をふらつかせた朱莉ちゃんを見た瞬間、俺は飛び出していた。

前にいた結愛さんの横をすり抜け、なんとか床に落ちる前に彼女を抱き留める。

中高と陸上をやってて良かった。瞬発力がなければ到底間に合わなかった——じゃなくて！

「朱莉ちゃん。大丈夫、朱莉ちゃん⁉」

「せんぱい……」

声をかけると、ぼーっとした返事が返ってくる。呼吸は苦しそうで、身体は凄《すご》く熱い。

やっぱり顔色も悪いし……。

「あー……多分熱中症ね」

後ろから、結愛さんが覗《のぞ》き込《こ》んでくる。

「求、この子の名前呼んでたけど、知り合い？」

「知り合いというか……その……」

「なによ、浮気がバレた旦那《だんな》みたいにキョドっちゃって」

「うわ……？」

「ああっ、貴方《あなた》は喋《しゃべ》らないの。とりあえず求、この子上に運ぶわよ。お客さんが来るかもしれないし、うちで介抱するからっ」

「え、あ……わ、分かった！」

「パパーっ！　ちょっと店空《あ》けるからーっ！　ほら、求、行くわよっ！」

正直、何が何だか分からない状況ではあるけれど、今は朱莉ちゃんのことが第一だ。

俺はぐったりする朱莉ちゃんを抱き上げ、先導する結愛さんを急いで追うのだった。

話は昨晩に遡《さかのぼ》る。

◆◆◆

もう数日、まだ片手で数えられる程度の数日だけれど、先輩の家に来て、泊まって、
それだけの時間が経った。
私にとってはそんな数日でも十分快挙ともいえる時間だ。それだけ幸せな時間で……
でも、大変なこともある。
それが──今。
「うう……うううう……！」
壁越しに、薄《うっ》すらと聞こえてくるシャワーの流れる音に私は悩まされていた。
ほんの小さな音だ。でも、だからこそ意識を向けてしまう。
今、浴室でシャワーを浴びているであろう先輩の姿を。先輩の、一糸纏《いっしまと》わぬ姿を想像
して──

ない。

「だ、駄目、朱莉！　煩悩退散《ぼんのうたいさん》！　煩悩退散!!」

私は頭を抱え、うずくまる。それでも一度浮かんだ肌色のシルエットは消えてはくれない。

そ、そもそも、なんで『シャワーを浴びる』のは、『シャワーを浴びる』なんていうのだろう。

浴びているのはシャワーじゃない。シャワーが出すお湯だ。シャワーを浴びたら、ゴツゴツ当たって痛くて、とても身体は休まらない。

だから、正確には『シャワーを浴びる』ではなく……って、こんなことを考えても現実逃避にさえならないっ!!

ああ、考えちゃ駄目。考えちゃ駄目。

何か別のことを……と、焦る私は、不意に入ったそれを咄嗟《とっさ》に摑《つか》み、ほとんど衝動のままに走りだした!!

『あっそ』

電話の向こうから、彼女は実に興味無さそうに短くぶった切った。

『突然電話してきたから何かと思ったら……』

「そんなあからさまな溜息吐かないでよ⁉　だってりっちゃんくらいしか頼れなかったんだもん！」

ヒントになったのは、最初に先輩の家に来た日の出来事。

私がお風呂に入っている間に、先輩がお兄ちゃんと電話していたことだ。

そう、音が聞こえて悶々《もんもん》としてしまうなら外に出ればいい。

けれど夜に、それも土地勘のほとんどない場所を出歩くのは危ないので、私も先輩にならって部屋のすぐ外で電話することにした。

相手はりっちゃん。私の親友だ。

といっても高校で出会って以来の、だけれど。

まぁ、高校生活のほとんどを一緒に居るのだから、親友と呼ぶには十分な関係のはずだ。

でも、そんな親友のりっちゃんにも、私に好きな人がいるとは、ちょっと恥ずかしくて伝えられていなかった。

ただ、この夏が勝負の季節だってことは宣言していた。

宣言したんだから報告はしなきゃだ。だから電話をするのも何も変なことじゃないのである！

『夏に勝負なんて言われたら普通、受験のことだと思うけど』

「りっちゃんは真面目だなぁ」

『まさか朱莉に真面目なんて言われる日が来るなんて思わなかった』

りっちゃんは呆れたように溜息を吐く。

確かに彼女は一見不真面目そうに見える。怠《だる》そうな雰囲気をいつも出してるし、肌も焼けていてちょっとギャルっぽい感じだ。

でも、根は真面目だってことを私はよく知っている。アクセサリーの類《たぐい》も校則で禁止されてるから素直につけてないし、爪だって磨《みが》いてるだけ。肌が焼けてるのだってアウトドアが趣味だからだし。

『ていうか、朱莉にそういう恋愛についての興味があるなんて思いもしなかったけど』

「そう？　でも私も普通に少女漫画とか好きだよ」

『でも告白されても毎回すげなく断ってたじゃん』

「だって好きな人からじゃないし」

『まー、そりゃそっか』

そう言うりっちゃんも、何度も告白されて、全部断ってるのは知ってる。

おそらく私よりもよっぽど多く告白されているだろう。

可愛いもんなぁ、りっちゃん。そしてカッコいい。同性の私でもクラッとくることがたまにあるくらいだ。

『それで、朱莉の勝負ってのは好きな人の家に押しかけることだったんだ』

「押しかけ……って、そりゃあ、確かにその通りなんだけど……あまりにストレートというか」

『だって実際そうでしょ。話聞いた感じ』

ああ、この歯に衣着《きぬ》せない感じ……りっちゃんは電話でもやっぱりりりっちゃんのままだ。

そんな当たり前のことを思いつつ、私は妙な安心感を覚えていた。

この数日の暮らしで浮ついた心が少し落ち着くような感じ……。

『それで、その……誰か知らないけど、朱莉が好きな人ってそんなにいいの？』

「そうなのっ‼」

『声でかっ』

っと、つい反射的に声を上げてしまった。ここは外だ。声は抑えなきゃ……！

でも、とても落ち着いてはいられなかった。

『朱莉、なんかテンション高くない？』

「だって、今までずっと、殆《ほとん》ど誰にもこんな話できなかったんだもん……！」

『まぁ、朱莉に好きな人ができたなんてなれば、あのお兄さんがうるさそうだしね』

「それは……ま、まぁ、そうかも……」

実際、一番面倒くさかった時は、ちょっとでも帰るのが遅くなると、「男ができたのか」としつこく聞かれもして、ちょっとウザかったくらいだし。

ただ、兄も大学生になって実家を出たのと、また彼女さんができたらしく、随分と落ち着いたみたいだけれど。そして、それ以外にも――

『それでどうなの？』

「え？」

『え、じゃなくて。押しかけたんでしょ。何か成果はあったわけ？』

「成果……うんっ！　もちろん‼」

声は抑えつつ、でも、力強く頷《うなず》く。

もちろん成果はあった。それは──

「あのね、りっちゃん！　先輩よりも早く起きるとね、先輩の寝顔を堪能《たんのう》できるだけじゃなく、先輩を起こしてあげることができるんだよっ！」

『ん？』

「寝ぼけまなこを擦る先輩もなんか小動物みたいで可愛いの！」

『ふーん』

「毎日先輩にご飯作ってね、先輩も美味《お》しい美味しいって食べてくれるの。そのたびに胸がきゅーって締め付けられて、ああ幸せだなぁ……って!!　わかる⁉」

『わかんない』

「これ、完全に新婚生活体験しちゃってるよね⁉　でもぜんっぜん苦じゃないの！　むしろ毎日最高が更新されていく感じ！　あぁ、もうこれ結婚秒読みだよね⁉　この後いきなり指輪渡されちゃったらどうしよーっ⁉」

『ないでしょ』

バッサリ！

呆れたようなりっちゃんの声が、まるで氷水を頭にぶっかけたみたいに私の意識を現実へと引き戻した。

危ない危ない。悶々としすぎたせいか、ついつい惚気《のろけ》てしまった。りっちゃんが呆れるのも当然だ。

「えへへ、ごめんりっちゃん」

『つかさ。こっちから聞いといてアレだけど、アタシ、朱莉の好きな人が誰か知らないし、その知らない誰かさんとのイチャイチャ話されても反応しづらい』

「たしかに……でも、言うのはちょっと恥ずかしいっていうか……」

『いや、さっきまでの話の方がよっぽど恥ずかしいから』

「うぐ……ま、まぁそうなんだけど……」

でも、誰を好きかって教えるのはやっぱり恥ずかしい。

だって、今の私と先輩の関係はまだ、ただ私が一方的に想っているというだけだから。

先輩が指輪を渡してくるなんてことがありえないって私が一番よく知っている。

「でも、もうちょっと……ちょっとだけでも、先輩と特別な関係になれたら、きっと自信を持ってりっちゃんにも教えられると思うっ！」

『じゃあ期待しないで待ってる』

「え、期待してよ⁉」

　私的には気合いをたっぷり込めた決意のような言葉のつもりだったんだけれど、りっちゃんの反応は微妙だった。

『あ、ごめん。つい正直に。でも実際さ、話を聞いてると、ちょっと難しそうって思うってかさ』

「な、なんで……」

『だって朱莉可愛いじゃん』

「えっ」

　ほ、褒められた⁉

　いや言われたのが初めてとか、珍しいっていうわけじゃないけれど。りっちゃんはダウナー気味だけれど、よく私のことをからかって遊んでくるし。

『朱莉って処女だよね』

「ふぇっ⁉」

『ファーストキスもまだ』

「いや、そ、そうだけど」

『そのセンパイさんから押し倒されたりとかないんでしょ？』

「押し……⁉　ちょ、りっちゃん⁉　そんな、そんなこと……！」

りっちゃんの言うとおり、当然ない。

そりゃあ、想像したことがないと言えば嘘になるけれど……でも、りっちゃんの言葉はあまりに唐突で、私は上手く言葉を返せなかった。

『正直同性でも「うわっ」て思うことのある朱莉と、そのセンパイさんはひとつ屋根の下で暮らしてるんでしょ。それなのに一切手を出す素振《そぶ》りも見せないなんて、普通じゃないっしょ』

「い、一切ってことは……」

『ないの？　朱莉がこの電話で話してきたセンパイさんとのエピソードの中じゃ、そういうのは一切感じなかったけど』

「うぐ……！」

グサッ！

言葉という鋭利《えいり》なナイフで容赦《ようしゃ》なく刺してくるりっちゃん！

『センパイさんさ、お兄さんの友達なんだよね』

「う、うん。高校時代は何度もうちに遊びに来てたし、今も同じ大学行ってるよ」

さっき話した情報を、りっちゃんは確認するように聞いてくる。

言ってから、もしかしたらこの情報でもかなり先輩に近づくことができるんじゃないかと気が付いたのだけれど……でも、りっちゃんは多分お兄ちゃんには興味ないから、その交友関係も知らない、ハズ。

『朱莉がセンパイさんの家に泊まれてるのもお兄さんが口利きしたからなんだよね』

「うん」

『それさ、センパイさんは友達の妹をただ預《あず》かってるだけって感覚になってんじゃない』

「と、言いますと……？」

『そのセンパイに妹みたいに思われてんじゃないってはなし』

「いもう、と…………？」

それって先輩にとって私との関係は、私とお兄ちゃんの関係と同じようなものということで――

『朱莉？』

「はっ⁉」

思わず意識を飛ばしてしまっていた。

りっちゃんの言葉はもう少しオブラートに包んで欲しいレベルのものだったけれど、けれど案外腑《ふ》に落ちてしまってもいる。

先輩の私を見る目は底抜けに優しくて、とても他の男の人が向けてくるようなものじゃない。

きっと、初めて会った時から。でも、だからこそ、私は先輩に——

「で、でも分からないよ！　仮に先輩がそういう風に私を見ていたとしても、ふとした瞬間に女を感じてくれることもあるよ！　起こりうるよ！　だって私達、血が繋《つな》がっているわけじゃないもん！」

『……そうだね』

なぜかりっちゃんの反応が悪い。普段は歯に衣着せぬ物言いに定評がある彼女にしては珍しい歯切れの悪さだ。

まるでサンタさんを信じる子どもに、『本当はサンタさんなんかいないんだよ』って思いながらも話を合わせる親みたいな感じだ。

『その人、同性愛者じゃないんだよね』

「えっ」

『別に変な意味じゃないから。ほら、世の中的にも寛容《かんよう》になりつつあるし』

「た、多分先輩は違うと思う」

『多分？』

「だって、直接聞いたわけじゃないし、聞こうとも思わなかったし……でも、もしもそうなら、先輩は自分から言ってると思う。だって、一緒に住むんだもん。先輩がそうなら、私を安心させようって隠しておかないと思うもん」

『ふーん、信用してるんだ』

「そうじゃなかったら押しかけないし……好きにもならないもん」

『そりゃそっか』

好き、と口にすればそれだけで心臓がバクバクして、顔が熱くなって……でも、だから私は心の底からそうなのだと自覚する。

独《ひと》りよがりな感情だけれど、でも、りっちゃんも納得してくれたみたいで……まぁ、ちょっと苦笑されちゃったけど。

『じゃあ彼女は？』

「え？　い、いないと、思う」

『でも素敵な人なんでしょ』

「も、もちろん！　先輩はね──」

『ストップストップ。惚気話はもう十分。アタシが言いたいのは、そんな人なら彼女の一人や二人……いや、二人はおかしいか。でも、そういう相手がいてもおかしくないいんじゃないかってこと』

うぐ……確かに彼女の言う通りだ。

「けれど、先輩に彼女がいないのはお兄ちゃんから証言が取れてるし、だから安心――」

『あのお兄さんが言うんじゃね……』

うぐぐっ！

りっちゃんは意味なく人を悪く言ったりしない子だけれど、お兄ちゃんはあまり信頼されていない。

まぁ、気持ちは分かる。あの人も悪い人じゃないけれど、お調子者というか、理性よりノリで行動することが多いし……そう思うと、途端に信用できなくなってきた。

いや、でも、そうだとしたら、先輩に彼女が既《すで》にいる可能性が……⁉

『大学生になれば出会いも増えるっていうし。ほら、サークルとか、バイトとか。インカレってのもあんでしょ。よく分かんないけど』

「バイト……はっ⁉　り、りっちゃん！　そういえば先輩、喫茶店でバイトしてるって！」

『あー……カフェはやばいね。もうそういう目的のやつしかいないから』

「そうなの⁉」

『少なくともアタシがバイトしてた時はよく声かけられたよ。ま、全部断ったけど』

「ほぇー……さすがりっちゃん……」

りっちゃんは色々なバイトをやってる。経験豊富というやつだ。

それで成績も良いのでやっぱりカッコいい。

「で、でも、その理屈だと……」

『そのセンパイさん、バイト先に彼女……とまで行かなくても、いい相手がいるかもしんないね』

「そんなぁ……⁉」

それは盲点だった。お兄ちゃんも先輩のバイト先の交友関係まで完璧に把握しているとは限らないし。

けど、でも、そうだったら、私は……！

『まぁ、これはただの邪推か。ごめん朱莉、忘れて――』

「分かった……私、確かめる」

『……朱莉？』

「ちょうど先輩、明日バイトだって言ってたから後をつけてみるっ‼」

私はそう力強く決意を口にするのだった。

◆◆◆

「う……うぅん……」

「あ、起きた。おーい、美少女ちゃーん」

「え……？」

気が付くと、私はなんだかいい香りがするお布団に寝かされていた。

窓から夕日が差し込む部屋の中にいたのは私以外に――

「美人のお姉さん……？」

「わっ、なぁにいきなり～？」

お姉さんは驚きつつ、にへらっと緩んだ笑顔を浮かべる。

なんというか、夕陽を背負うと余計に美人度が増す……じゃなくて！

「わ、私、なんでこんなところに……なんでお姉さんがここに……⁉」

「覚えてないの？　キミ、ウチの店来ていきなり倒れたんだよ。だから運んだの。ああ、ここカフェの上の階。アタシんちなんだ」

「倒れた……あ」

思い出した。

昨日、りっちゃんとの会話を経て先輩のバイト先を確認することを誓った私は、今朝、先輩を送り出した後、うっかりバレてしまわないように服を着替え、日焼け止めをしっかり塗り、先輩の後を追ったのだ。

さすがに尾行をするには時間が経ってしまっていたけれど、先輩は自転車を持っていないし、電車に乗らない歩いて行ける距離であれば「喫茶店でバイトしている」という情報から、候補を絞るのはそれほど難しくはなかった。

もちろん、先輩に黙ってこっそり覗こうなんて褒められたことじゃないと思うけれど、でも先輩のバイト先に私が行く必然性はないし、変にそこでバイトを手伝って借金返済なんてなれば間抜けもいいところだ。

これももちろん、言われたら言い返す術《すべ》をたくさん用意しているから、簡単に追い出されるつもりもないけれど……うう、でもそもそも借金のカタ云々《うんぬん》って話も先輩の善意に付け込んでるわけだし……。

「ううう……」

「ど、どうしたの頭抱えて！　やっぱりまだ具合悪い⁉」

「あ、いえ……あう……」

つい考えなくて良いことまで考えて頭を抱える私に対し、美人のお姉さんが心配するように顔を覗き込んでくる。

変に心配させてしまったことへの罪悪感と、あと美人で大人なオーラに気圧され、私はつい口ごもってしまった。

そう、この人……この人は危険なのだ。

——そのセンパイさん、バイト先に彼女……とまで行かなくても、いい相手がいるかもしんないね。

りっちゃんの言葉が頭の中に蘇《よみがえ》る。

いい相手、なんて想像もつかなかったけれど、まさかこんな人が先輩のバイト先にいたなんて。

お客さんの前では文句のつけようのない綺麗な笑顔を浮かべて完璧に仕事をこなしていた。

それだけでも大人の女性っぽい魅力が溢《あふ》れていて十分危険なのに、お客さんがいなくなったら、先輩とやけに近くて、抱き着いちゃったりして、お客さんの前とは全く違う、甘えるような笑顔を浮かべていた！

きっと、何かがある筈だ。でも、もしも本当にその何かがあったら、ど、どうしよう。だって、この人は大人で、同性の私でも見惚《みと》れちゃうくらい綺麗で——

「ほら、飲んで。スポドリ」

その声は底抜けに優しい。

渡された半分以上減ったペットボトルも、何か特別な意味があるのかとつい疑ってしまいたくなる。

「どうしたの？」

「あ、あの、これ半分……」

「そうね。お昼まで新品だったのよ？　でも飲んじゃったから」

「え、誰が……」

「貴方よ。寝る前に飲ませたじゃない」

「あっ」

そういえばそうだったかも……？

正直眠る前の記憶は曖昧《あいまい》で……確か私は先輩に見惚れ——否、見張っていて、それで随分長いこと炎天下にいたから、段々ぼーっとしてきて、それで……なぜか、私はフラフラと先輩のいる喫茶店に入ったんだ。

　いくらぼーっとしていたからって自分からお店に入るなんて……ああ、私のバカ！

　結局、勝手にバイト先に来たのも気付かれ、なにより先輩に余計な迷惑をかけてしまった。

　絶対に、先輩の迷惑にはなりたくないって思ってたのに……！

「わわっ⁉　どうしたの、ええと、朱莉ちゃんだっけ。泣かないで！　水分は今、すっごく貴重なんだからっ！」

　情けなさと後悔からくる自己嫌悪に思わず涙する私に、お姉さんは慌てつつ、ハンカチを宛《あて》がってくれる。

　ああ、この人はきっといい人なんだろうな。優しくて、カッコよくて、笑顔が爽《さわ》やかな先輩とも凄くお似合いだ。心なしか先輩と似た雰囲気も感じさせる。

「す、すみません……その、ありがとうございます」

「ううん。大丈夫。朱莉ちゃんの看病を口実に合法的にバイト抜けられたし♪」

「だ、大丈夫なんですか⁉」

「いーの、いーの。ランチタイムが過ぎれば暇なのよ。いつも常連さんか、裏で求と雑談するくらいしかやることないんだから」

求、と慣れた口調で先輩の名前を呼ぶお姉さんを前にして、私は自分の胸がズキッと痛むのを感じた。

「そういえば求と知り合いなのよね。どういう関係か聞いたらちょっと複雑そうな顔してたけど」

「ええと、先輩とは……」

どういう関係か。

私はそれを考えたくなくて言葉を濁《にご》す。

先輩との距離を明確にして、余計この人との差を感じるのが怖くて。

「先輩？　求の後輩なの？」

「は、はい」

「うーん？　じゃあ大学の同期とかじゃないのか……でも変ね。求、大学一年でしょ？　現役合格だから後輩がいるとしたら高校のだろうけど、でも気軽に来れる距離じゃなかったと思うし……あ」

お姉さんは顎《あご》に手を当て、ブツブツとそんなことを呟く。

鋭い、というか、先輩のことを随分ちゃんと把握しているらしい。年齢は不思議ではないけれど、でも高校のこととか。

「……ああ、ごめんねっ！　アタシばっかり聞いちゃって。朱莉ちゃんからしたらアンタ誰って感じよね！」

私の気が落ちたのを察したのか、お姉さんは気遣うように苦笑する。

「アタシ、白木《しらぎ》結愛。下の喫茶店のマスターの娘なの。バイトやってるのも実家の手伝いみたいなものね。まぁ、おかげで大学出ても定職に就かずにのんびりしてられてるんだけど」

「白木結愛さん……私、宮前《みやまえ》朱莉、です」

「宮前朱莉ちゃん！　可愛い名前だと思ってたけれど、名字も実に可愛らしいわねぇ」

そう、ほわっと笑うお姉さん……いや、結愛さん。

名字を褒められたことなんかないけれど、もしかしたら場を和《なご》ますジョークだったのかもしれない。

「にしても……まさか求にこんな天使みたいに可愛い後輩がいたなんてねぇ。そんなこと全然聞いたことなかったのに」

「う……！　ま、まぁ、先輩とはあまり関わりがなかったので……」

「え、じゃあなんでこの店に？　もしかして偶然この近くに引っ越してきたとか？　いや、今、『なかった』って言ったわよね。つまりこれまではなかったけれど、今は違うってこと……ああっ！　ごめんっ、またこっちから聞いちゃって！」

「い、いえ……」

「あぁ、でも仕方ないのよ。ほら、アタシ、好奇心の塊《かたまり》って感じだし」

「はぁ」

「それにこんな可愛い女の子を前にして平常心を保ってられる方が変って話よ！　根掘《ねほ》り葉掘《はほ》り、隅々《すみずみ》まで知りたくなるのが当然ってもんでしょ⁉」

結愛さんは興奮したみたいに鼻息を荒くして、ぐいっと顔を近づけてきた。

さっきまでは大人のお姉さんって感じだったのに、今は目をキラキラ輝かせて、ちょっと子どもっぽく見える。

「やっぱり求に任せなかったのは正解ね。もしもここにいたのがアタシじゃなく求だったら、もしかしたら朱莉ちゃんのこと襲ってたかもしれないし」

「襲……⁉　な、ないですそんなこと！　先輩はそんなことしませんよっ⁉」

「分かんないわよ？　男ってのはどいつもこいつも……ああ、でも求なら案外生真面目に看病に専念するかもね。変に大人ぶって、カッコつけで、頑固だから」

「そ、そこまでは言ってませんけど……」

　そう返しつつも、私は先輩が、結愛さんの言うみたいに襲ってくるなんて絶対ないって言い切れる。

　だって、同じ部屋で普通に寝ていてもそんな気配、一切見せてくれないし。

　……くれないなんて言うと、まるで私が襲って欲しいって思ってるみたいだ。いや、本当は、ちょっとくらいそういう感じになってくれたら嬉しい、かも、だけど。

　けれど、先輩の傍《そば》にはこの人がいたんだ。結愛さんと比べれば、私なんてずっと子どもだ。きっとそんな気になんかなってくれない。

「求、そういうところは小さい頃から変わらないのよね。良い顔しいっていうか。昔、アタシがうっかり求の持ってたオモチャ壊しちゃった時も、いっちょ前に庇《かば》ってくれちゃってね。自分だって半べソかいてるくせに……でも、そういうところが憎たらしいというか、可愛いというか」

「そ、そうなんですね……」

　どこか温かい目を浮かべる結愛さんの言葉に、私もつい、まだ幼い先輩が必死に涙を堪《こら》える姿を想像してしまう。

　きっと結愛さんが言う通り可愛かったんだろうなぁ。

私はそんな先輩を知らない。先輩は初めて会った時からずっと優しくて、頼りになって、カッコよくて……ずっと私の憧《あこが》れだったから。

「結愛さんは、先輩のことすごく詳しいんですね……」

「そりゃあねぇ。なんたって従姉《いとこ》だし」

「へぇ、従姉……」

…………え？

「いとこぉ⁉」

「わっ！　どうしたの、急に大きな声出して⁉」

「どうしたもこうしたも！　結愛さんって先輩の従姉なんですか⁉」

「え、ええ。言ってなかったかしら」

「言ってないです！」

と、大声を上げつつ、気が付く。

彼女は白木結愛と名乗った。そして、先輩のフルネームは白木求……どっちも同じ白木だ‼

「求のお父さんはアタシのパ……父の弟なのよ。求とは一回りってほどでもないけど年も離れてて、まぁ弟みたいなものね。求がウチでバイトしてるのは、あの子が通う大学とウチが偶々《たまたま》近かったからなのよ」

「そうなんですね……！」

私はつい語気を強くして相槌《あいづち》を打つ。

もしも熱中症の倦怠感《けんたいかん》が無ければ飛び跳ねたい気分だった。

結愛さんは大人の落ち着いた雰囲気と、どこか隙《すき》を感じさせる親しみやすさを兼ね備えた素敵な女性だ。スタイルもすごく良いし。

でも、結愛さんがどんなに素敵な女性でも、先輩とは血縁同士。

つまりそういう関係になることはない……⁉

「良かった……」

胸につっかえていたモヤモヤが一気に霧散する。体調も急に良くなった気がする！

私はホッと胸を撫で下ろし、深く溜息を吐いた。つい、無意識で。

「ん～？　どうしてそんな反応？」

「え」

「ふぅ～ん、アタシと求がいとこ同士だって分かったら、そんなに嬉しそうな顔浮かべちゃうのねぇ？」

「あ、いや、これは、その……」

結愛さんは、新しいオモチャを見つけた子どものような、愉快気な笑みを浮かべていた。

（ば、バレた……!!）

すぐにそう確信した。

私だってちゃんと女子高生だ。他の子達と同じように恋バナには興味がある。

そして、自惚《うぬぼ》れでもなんでもなく、私はそういう話の標的になりやすい。『〇〇くん、朱莉のこと好きらしいよ』とか、逆に『××くんのこと好きって本当？』とかよく聞かれたし。

だから、結愛さんの目に浮かぶギラギラした好奇心がそれと同じ類のもので、かつ、今まで向けられたどんな視線よりも確信を秘めていることはハッキリ理解できた。

それでも、相手は先輩の身内だ。「はいそうです」と簡単に頷けるわけがなく、私は無駄な抵抗と知りつつ、まごまごと言葉にならない悲鳴を口の中で転がすしかなかった。

「へぇ……こんなに可愛い子が求をねぇ！　もしかしてもう付き合ってるとか!?」

「そ、そんなっ！　全然ですっ！」

「そっかぁ、まだ付き合ってはいないと。その感じじゃあ告白もまだっぽいわねぇ」

「はう……！」

しっかり否定してしまったせいで、結果的に『先輩のことが好き』ということを肯定してしまったことになる。

私は炎天下で照らされていた時よりもずっと顔が熱くなるのを感じた。

「ねえねえ、求のどういうところが良かったの⁉　やっぱり顔⁉　身内贔屓《びいき》かもだけど、あの子、結構いい顔してるもんねぇ！」

「そんなんじゃないですよっ！　いや、その、もちろんお顔も……その、アレですけど」

「うんうん。顔が一番の理由じゃないわよね。じゃあじゃあ、どういうところが良かったの？　うふふ、お姉さんに話してごらんなさい。大丈夫、絶対求には言わないし、悪いようにもしないから♪」

「うぅ……」

結愛さんは一層楽しそうにニヤケ顔を濃くする。

りっちゃんが蒔《ま》いた不安の種は実らなかったけれど、全く別の、それでいて物凄く危険な花が咲いてしまった。

とても美しく、そして扱いを間違えれば猛毒になるこの花は、一切容赦なく私を追い詰めてくる。

すっかり追い詰められた私は、逃げることもできず、ただ持ったままのペットボトルを握りしめることしかできなかった。

◇◇◇

「ありがとうございました」

最後のお姉さんが帰るのを深々と頭を下げて見送った後、CLOSEDの看板を出す。

夏日ということもあり、空にはまだ夕焼けが残っているが、この喫茶『結び』はディナータイムを待たずに閉まる。

だから、ランチから入っていてもそれほど特別長い時間働いているわけではないのだけれど、でも、今日は今までで一番長く感じた。

「求くん、ちょっと笑顔硬かったよ」

「う……すみません」

カフェカウンターに立つマスターからの指摘に、俺は咄嗟に頭を下げる。

そんな俺に対し、マスターは困ったように苦笑した。

「そんなに畏《かしこ》まらないでいいよ。もうお店は閉まって、今の僕は君の伯父《おじ》なんだから」

「はい……でも、すみませんでした。自分でも今日はちょっと駄目だったなって」

「まぁ、そんな日もあるよ。コーヒー、淹《い》れようか」

「あ、はい。頂きます」

普段だったら片付けを促《うなが》すのに、今日はそう言ってカウンター席に座るように促してくるマスター――英治《えいじ》伯父さん。

いかにも喫茶店のマスターらしい渋い出《い》で立《た》ちの人ではあるが、その中身は結構気さくで気の良い人だ。

伯父さんの淹れるコーヒーは絶品……らしい。らしいとしか言えないのは、俺の舌がコーヒーの味の違いを楽しむにはまだまだ子どもだからだろう。

「求くんは砂糖もミルクも入れるよね」

「すみません」

「あはは、いつも言ってるけれど別に謝ることじゃあないよ。コーヒーの楽しみ方は人それぞれだからね。はい、どうぞ」

伯父さんはそう言いつつ、グラスに入れたアイスカフェオレを俺の前に置いてくれる。

ちなみにカフェオレはドリップコーヒーに温かい牛乳を混ぜたもの。割合は大体1対1くらいだ。オレのレはフランス語で牛乳を指すという。

これは一応喫茶店の店員をやるということで覚えた。コーヒーの味の違いは分からないのに中途半端に知識を入れているのは、なんとも頭でっかちっぽくてカッコ悪いかもだけれど、何も知らないよりはずっといい。

さらに伯父さんの出してくれたアイスカフェオレは、俺用に予《あらかじ》め砂糖を溶かし込んでくれている特別な一杯だ。

牛乳と砂糖。この2つのおかげで苦味は大分抑えられ、お子様舌の俺でも十分堪能することができる。うん、美味《うま》いし、甘い。

「にしてもさっきは驚いたよ。あの子、求くんの知り合いなんだよね？」

「はい。朱莉ちゃんといって、その……」

友達の妹、ということは言ってもいいと思うけれど、家に泊めているのは言っちゃまずい気がする。

余計な心配をかけるというか、いや、下手したら家族会議に突入なんてことも……⁉

「ええと、何と言いますか……」

上手く誤魔化せないものかと思考を回すが、良い言い訳は出てきてくれない。

それよりも今は、というかずっと、とにかく朱莉ちゃんのことが心配でそれどころじゃなかった。

朱莉ちゃんは汗も随分かいていて、それを拭く必要があり、こういうのは女性の方が色々と都合がいいからと結愛さんに言われ、彼女に任せるしかなかった。

代わりに結愛さんの分まで働いていたけれど、その間もただただ朱莉ちゃんが大丈夫か、そして、どうして彼女がこんなところにいるのかが気になっていて……目に見えるミスこそ起こさなかったものの、精細《せいさい》さには欠いていたと思う。

朱莉ちゃんが熱中症になっていたということは、きっと長い時間、夏の日差しの下で、アスファルトの照り返しを受けながら歩いていたのだろう。

もしかしたら、俺のことを探していたのかもしれない。家に一人置いていかれて不安になってしまったのかも。

他人の家に自分一人置いていかれるというのも、考えてみれば中々ない状況だ。ゆっくりしててなんて言われても、落ち着くはずもない。

そして、この町でも彼女は孤独だ。兄の昴はサイパン——ではなく免許合宿でいないし、地元にも気軽に帰れる距離じゃない。

人懐っこい笑顔を向けて頼ってくれた彼女を、もしも俺が無神経に追い詰めてしまっていたら……後悔なんて言葉じゃ、とても言い表せない。

「もしかして、求くんの大事な人なのかな」

伯父さんは優しい目をこちらに向けて、そう問いかけてきた。

『大事な人』という言い方は、なんというか恋人を指す表現っぽくて反射的に首を横に振りそうになる。

でも、否定すれば朱莉ちゃんは『大事な人じゃない』ってことになる。

それはもっと酷い嘘だ。彼女が大事じゃないわけがない。

友達に信頼され、預けられた――でもそれ以上に、彼女が俺を信頼してくれているなら、俺だってちゃんと応えたい。

だから、俺は伯父さんの言葉にはっきりと頷いてみせた。そしてその上で、そういう意味ではないと否定を――

「でも、伯父さん」

「そっかそっか！　いいねぇ、若いって！」

「いや、あの――」

「あの子なら大丈夫だよ。なんたって結愛が看《み》てるんだからね。あの子もほら、趣味が旅行だろう？　熱中症とかも慣れっこさ」

「ええと、まあ、それはそうなんだけど――」

「にしても求くんもそういう年ごろかぁ……なんだか伯父さん、感慨深くなっちゃうなぁ。伯父さんも若い頃、結子《ゆうこ》さんと出会った頃を思い出すっていうかさぁ」

「あの、伯父さん、聞いて――」

「そう、あれはもう何十年も前……まだ二人は高校生で」

話全然聞かねぇこの人‼

伯父さんは完全に自分の世界に入って、奥さん――結子伯母《おば》さんとの馴《な》れ初《そ》めを語り始めてしまった。

ちなみにこの話を聞かされるのは4月からバイトさせてもらうようになって、早5回目だ。

なんで両親の馴れ初めも知らないのに、伯父伯母夫婦の馴れ初めを何度も聞かされなくちゃいけないいんだ⁉

いや、両親の馴れ初めも別に聞きたいわけじゃないからいいんだけど！

しかし、こうなったら伯父さんは止まらない。本当にビックリするくらい止まらない。止められるものなら、5回も聞かされるわけがないのだ。

「仕方ない……こうなったら終わるまで待って、それから誤解を——」

「もっとむ〜ん！」

「うえっ⁉」

カラランと、クローズを出したはずの入口ドアが開き、結愛さんが入ってくる。しっかりと朱莉ちゃんの手を引きながら。

「お待たせ〜！　もとむんのカワイイカワイイ朱莉ちゃん、完全復活よっ！」

「あ……そ、そっか。良かった……うん……」

「あれ、微妙な反応」

結愛さんが訝《いぶか》し気《げ》に顔を顰《しか》める。

そしてその後ろの朱莉ちゃんも休んで回復したのかしっかり立って顔色も……あれ？青白くはないけれど、ほんのり赤らんでいる。もしかして熱が出たとか……それか、結愛さんに恥ずかしい目に遭わされたか。

「ちょっと、結愛さん？　彼女に変なことしてないですよね？」

「失礼ね。するわけないでしょ。ねー、朱莉ちゃん？」

「あ、はは……そうですね……」

朱莉ちゃんは困ったように苦笑し、不意に俺と目が合うと、すぐさま顔ごと逸らしてしまった。な、なぜ？

「ていうか変っていうならアンタよ、求！　どうして朱莉ちゃんが復活したっていうのに、ハグの一つもないわけ⁉」

「ハグ⁉」

突然のワードに思わず復唱する俺。

そして当然朱莉ちゃんも呆然《ぼうぜん》と目を見開いている。

「何言ってんの、結愛さん……」

「別に変なこと言ってないでしょ。近づいて、ハグして、顔を撫でて、そのままキス！　海外映画の常識でしょ！」

「ここ映画の中じゃないから。スクリーンの外だから」

「はぁ？　当たり前じゃない。でもそれくらい無事を喜んでもいいんじゃないのってこと。それなのに求、アンタ随分ドライというか……ねぇ？　朱莉ちゃんもムカつくでしよ？」

「え？　い、いやその、ムカつくとか全然そんなことないですけど……」

突然話を振られ朱莉ちゃんが目を白黒させる。

どうやら二人は随分打ち解けたらしい——いや、結愛さんはフランクだから、勝手に距離を詰めてるって可能性もあるか。そういうの上手いからなぁ。

「朱莉ちゃん、あんまり求のこと甘やかすとつけあがるわよ？」

「彼女に変な情報吹き込まないでよ」

あることでも、ないことでも、遠慮なく好き勝手吹き込む結愛さんに朱莉ちゃんを近づけておくのは不安だ。

「あ……」

俺は彼女から逃がすように、朱莉ちゃんの肩を摑んで、引き寄せる。

「朱莉ちゃん、大丈夫？　あの人に変なことされなかった？」

「おーい、聞こえてるんですけどー」

結愛さんからの苦情は無視し、朱莉ちゃんと目を合わすと、彼女はやはり少し顔を赤くしながらコクコク頷いた。

「ていうかさぁ、求はなにやってたわけ？　片付けもしてないみたいだけど」

「……あれ」

俺は未《いま》だ、奥さんとの馴れ初めを一人夢見心地で語り続ける伯父さんを指す。

「うわ……」

一瞬で状況を理解した結愛さんが、心底うんざりしたように低い声を漏らす。

結愛さんの、伯父さんの話に対する嫌悪感は尋常じゃない。

なんたって彼女にとっては実の両親の馴れ初め話だ。自分が聞かされるのも気持ちよくはないだろうし、ましてや周囲にバラまかれるのだから余計にだろう。

「求、着替えないでいいから、そのまま帰って。後片付け、アタシがやっとくから」

さっきまでとは打って変わって、怒りを無理やり抑え込むような平坦な口調でそう言うと、レジ下に置かれた俺のリュックを投げつけてくる。

「ちゃんと朱莉ちゃんをエスコートすること。ああ、一応元気になったっていっても、消耗《しょうもう》してるんだし、おんぶでもしてあげなさいよ。どうせ一緒のところ帰るんでしょ」

「え……⁉　なんでそれを……」

明らかに俺の家に朱莉ちゃんが泊まっていることを知っている口ぶりだ。

反射的に朱莉ちゃんに目を向けると、気まずそうに視線を逸らされた。

ああ、そりゃあそうか。結愛さんがそれを知る方法は一つだけ——朱莉ちゃんが喋ったんだ。いや、この反応的に口を割らされたというべきか。

……こりゃ、伯父さんに感謝だな。結愛さんの意識が伯父さんに向いていなければ、また随分からかわれただろう。

そうと分かればいつまでもこんなところに留《とど》まってはいられない。

「……それじゃあ、お言葉に甘えて失礼します。お疲れさまでした。行こう、朱莉ちゃん」

「あっ、は、はいっ!」

変に粘《ねば》って藪蛇《やぶへび》にならないとも限らないので、俺はそそくさと挨拶をするだけして、朱莉ちゃんの手を取り、流れるように店を後にした。

第6話 友達の妹についてほんの少し知る話

看板を出したときにはまだ夕日が残っていたけれど、改めて外に出たときにはすっかり辺りは夜に包まれていた。

街灯が照らす道を、俺は朱莉《あかり》ちゃんの手を引いて歩く。

喫茶店から出てほんの少しの距離だけれど、その間俺達はお互いに何も喋《しゃべ》らず、妙な気まずさに包まれていた。

「あの、朱莉ちゃん。結愛《ゆあ》さんが言ってたことだけど……やっぱりまだしんどい？」

「ええと……」

朱莉ちゃんは少し慌てたように視線を彷徨《さまよ》わせ、握る手の力をほんの少し強めて――控え目に頷《うなず》いた。

「そっか」

なんとも彼女らしい控え目な返事だ、なんて思いつつ微笑《ほほえ》む。

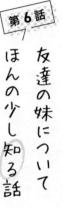

「それじゃあお姫様が嫌じゃなかったら、家に帰るまで俺が馬になりましょう」

「おひっ⁉」

「あー……ごめん。おんぶなんて言ったら、子ども扱いしてるみたいに聞こえちゃうかなって」

「そ、そうかもですけどっ！　でもお姫様なんて言われた方が子ども扱いされてる気がします！」

「おっしゃる通り……俺も言ってて気が付いた。ま、まぁ……どうぞ」

朱莉ちゃんの手を放し、前に出てしゃがみ込む。

彼女は少し緊張したようにゆっくりと俺の肩に触れ、そして首に手を回してくる。

（うっ……⁉）

背中にずっしりと、人一人分の体重が覆いかぶさってくる。

朱莉ちゃんは華奢《きゃしゃ》で軽いけれど、羽根のようにってわけじゃない。それに男にはない柔らかさと温かさがある……いや、意識するな意識するな。

「重く、ないですか……？」

「ぜ、全然？」

重くはないのだけれど、背中に容赦《ようしゃ》なく当たってくる柔らかな感触がマズい。

けれどそんなことを気にしていると知られれば朱莉ちゃんからの信頼を失うだろう。

だから、俺は努《つと》めて平静を装い、余裕のある返事をする。いや、しようとした。上擦《うわず》ってしまったけれど。

にしても朱莉ちゃん、どうしてこうも強く、腕に力を込めて抱き着いてくるんだ……？

「すみません、先輩」

「え？」

「勝手にバイト先まで押しかけて。どう考えても迷惑でしたよね……」

「そんなことないよ。今日は結愛さんがいなくても十分回ったし、それに結愛さんも楽しそうだったし……むしろ失礼なことされなかった？」

「ま、まぁその……ちょっとお話ししただけですから」

朱莉ちゃんはそう苦笑する。全く何もなかったって感じでもないけれど、でも、言いづらい内容かもしれないし聞くのは憚《はばか》られた。

「聞いたかもしれないけど、あの店を経営してるのは俺の伯父《おじ》さんで、結愛さんも従姉《いとこ》なんだ」

「あ、はい。伺いましたっ」

「結愛さんは喫茶店の手伝いをしながら、お金を貯めたらふらっと撮影旅行に行っちゃう感じの自由人でね」

「撮影旅行？」

「カメラが趣味なんだ。きっとデリカシーもどっか旅行先で置いてきちゃったんだろうな。俺も随分とからかわれて……」

「……先輩、結愛さんとすごく仲が良いんですね」

「え？」

どこか拗《す》ねたような口調に、俺は思わず彼女の顔の方を向く。

「うっ！」

「あ……！」

がっちり目と目が合う。それも鼻先が触れ合うほどの至近距離で。

それこそ、朱莉ちゃんの瞳の中に自分の姿が映って見える。きっと彼女の方からも……。

「ごめんっ！」

「いえっ、こちらこそっ！」

すぐさま互いに顔を逸《そ》らす。視線が交わっていたのは一瞬だったけれど、でも、なんだかすごく長く感じられた。

背中にバクバクと朱莉ちゃんの心臓が打つ鼓動が伝わってくる。朱莉ちゃんが緊張からか腕に思いきり力を込めてくるから余計に。

もしかしたら俺も顔が赤くなっているかもしれない。そうだとしたら、いくら夜道とはいえ朱莉ちゃんからはバレてしまうだろう。

「ええと、俺と結愛さんが仲が良いって？　なんでそんなこと思ったの？」

「それは……だって、先輩。結愛さんには結構辛辣《しんらつ》なこと言いますし」

「辛辣なこと言ったら仲が良いってことになるのかなぁ……？」

「兄にもそうじゃないですか。遠慮がないっていうか、すごく自由で、ありのままの先輩って感じで」

確かに結愛さんや昴《すばる》に対して何か気を遣《つか》うってことはあまりないかもしれない。互いに気心知れたっていうか、変に遠慮するのも今更って感じだし。

「先輩、私には優しくて、言葉も丁寧で……すごく遠慮してて、こうやって甘えたら、おんぶもしてくれますし」

朱莉ちゃんはどんどんと、落ち込む様に語気を落としていく。

同時に自信を失《な》くすように腕の力も抜けていく。

「先輩は居ていいって言ってくれるけど、本当は窮屈《きゅうくつ》に思ってるんじゃないかって……もしかしたら、バイト先に、凄《すご》く親しい人がいて、邪魔しちゃってるんじゃないかって……」

そして、言葉の最後の方はもう、ほとんど涙交じりで。

「だから、見に来たの？」

朱莉ちゃんの身体《からだ》がびくりと震える。けれど、そんなリアクションだけで返事はない。

それが全てじゃないかもしれないけれど、でも、俺に対する後ろめたい気持ちから、ギリギリまで店には入らず、もしかしたら炎天下の中、窓の外から眺《なが》めさせていたなら。

「ごめん、朱莉ちゃん」

「先輩……？」

「色々と謝らなきゃいけないことがあるな。まず、こうして背中を向けながら謝罪していることについて」

本当は朱莉ちゃんの方を向き合って話したいけれど、彼女も泣き顔を見られたくはないだろう。

互いに顔を合わせないで、それでも、こうして互いの体温が分かるくらい近くにいて――だからこそ話せることもあると思う。

「それと、誤解させてしまったこと。俺が色々下手くそなせいで、朱莉ちゃんにつらい思いをさせてしまってたんだな」

「そんな、先輩が悪いわけじゃ」

「いいや、悪いのは俺だよ。だって、俺は朱莉ちゃんのことも、ちゃんと好きだから」

ハッと彼女が息を呑《の》んだ。

好きなんて、そんな言葉、実際に口に出すには妙な気恥ずかしがともなった。けれど、口に出してしまえばすんなりと受け入れられる。そもそも好きでもない相手とひとつ屋根の下で暮らしたいなんて誰も思わないだろう。

向こうから押し掛ける形で始まった同居生活――まだそれもほんの数日しか経《た》っていないけれど、とても一人暮らしじゃ味わえない充実した時間だ。

「好きなんて言っても、俺はまだ朱莉ちゃんのことをほとんど知らない。今日だってそれを痛感させられたよ。俺がいかに何も考えてなかったかってさ」

「先輩……」

「少し、昔話してもいいかな。俺が小学生の時の話」

「先輩が、小学生の頃の……」

「うん、確か高学年で、夏で……実はもううろ覚えなんだけど」

昔話をする、と息巻いたわりに覚えていることはそう多くない。


あれは俺が小学生を対象としたサマーキャンプに参加した時のことだ。

俺にとって、サマーキャンプは遊び場が変わるだけという感覚だった。小学校の友達もたくさん参加する予定だったし、新鮮さはあまりなく、それなりに楽しみにしつつもビックリするような何かが起こる期待みたいなものは感じていなかったように思う。


けれど、その日。サマーキャンプ当日——俺は一人の少女と出会った。

初めて見る子で、すぐに別の小学校の子だって分かった。バスの中でポツンと座り、どこか不安げにじっとうつむいていた。

「なんとかしなきゃって思ったんだ」

「なんとかしなきゃ……ですか？」

「うん。漠然とね。たった1泊2日のサマーキャンプだけどさ、このままじゃその子にとってこの2日間は最悪の思い出になっちゃうって。だから、勇気を出して声をかけた」

「勇気……」

「別に人見知りするタイプでもなかったんだけどね。でも、そのバスに乗るまで、俺はいつも一緒にいる友達と変わらず遊んで、会ったことのない誰かと仲良くなるなんて全く想像してなかったんだ」

いつも一緒にいる友達のことはよく知っていた。

どんな話題が好きか、どんな遊びが好きか。

どういうことを言うと怒るか、苦手なものは何か。

好きな食べ物。好きな色。好きなテレビ番組。

けれど、バスに独《ひと》りで座る女の子のことは何も知らない。

俺は男で、彼女は女子で、もしかしたら俺が何を話しかけても彼女に響くことはないかもしれない。

——どう声をかけようか。どうしたら仲良くなれるだろうか。

そんな考えたって答えの出ない問いを、何度も何度も考えた。

考えれば考えるほど不安になる。嫌な想像ばかりしてしまう。

「あの頃はまだまだ俺もガキで、そりゃあ小学生だから仕方がなかったんだけど。散々悩んで、結局、無策に突っ込んだ気がする」

「怖くなかったんですか？　嫌な想像もしてたって……」

「怖かったよ。でも、開き直った。今ほどものを知らなかったし……それに行くしかないって思ってたから」

「どうして、行くしかないって……」

「だって、俺はその子が独りでいるのを知ってしまったから。きっと、彼女を無視して友達と遊んでも、その子のことを思い出しちゃうでしょ」

そうなればもういつも通りにはできない。

だからたとえ無様《ぶざま》に砕《くだ》けたとしても、ぶつかりに行く以外俺に選択肢なんかなかった。

「まあ、蓋《ふた》を開けてみればその子は凄く良い子で、すぐに友達になれたんだ。偶然振り分けられた班も一緒だったしね」

確か当時、班分けは受付で貰《もら》うリストバンドの色分けで行われていて、偶然彼女のリストバンドが俺のと同じ色だったから、俺はすぐ飛びついたんだ。

もしもあれがなかったら完全に無策なままで……本当に助かった。

「結局、その子とはそのサマーキャンプで会ったのが最初で最後……ケータイも持ってない時代だし、二度と会うことはなくて、名前ももう思い出せないけれど……でも、いつも通りをするよりずっと楽しかったのは覚えてる」

朱莉ちゃんからしたらいきなりこんな話をして意味が分からないだろう。

でも、彼女は真剣に話を聞いてくれていた。その真摯《しんし》さがただただ嬉《うれ》しい。

「知らない何かをするのはすごく勇気がいるし、怖いことだ。朱莉ちゃんがウチに来た時も『なんで』って、正直ビビってたし」

「あはは……ですよね」

「でも、その『怖い』はすぐになくなったよ。朱莉ちゃんのことを知れば知るほど良い子だって思ったし、昴があれだけ自慢してるのも納得がいった。朱莉ちゃんが作ってくれる料理はどれも美味《お い》しくて、何気ない会話も楽しくて……そりゃあ今でも借金のカタがどうって話はよく分からないし、朱莉ちゃんのことだって知らないことばかりだ」

きっとこれから何日も一緒に過ごすなら、今日みたいに分からないことが出てくるのだろう。

その度に失敗して、後悔して、朱莉ちゃんを悲しませるかもしれない。それが絶対ないなんて誰にも言い切れはしない。

「でも、今はただただ楽しみなんだ。朱莉ちゃんのことを知るのが。一緒に過ごすのがすごく楽しみなんだ」

「先輩……」

「もちろん、一緒に過ごすなら俺のことも朱莉ちゃんに知ってもらえたらって思う。俺は自分が愉快な人間だって自信を持って言えるわけじゃないけれど」

「せ、先輩は素敵な人ですっ！」

「あはは、そう真っ直《ます》ぐ言われると照れるなぁ」

つい癖で頬《ほお》を掻《か》きたくなるけれど、朱莉ちゃんをおんぶしている状態じゃできなくて、照れ隠しに笑うので精一杯だった。

「今日の俺の失敗は、ちゃんとバイト先のことを教えないまま、朱莉ちゃん一人家に置いて不安にさせちゃったこと。そして、朱莉ちゃんの失敗は気になったのに遠慮して聞かなかったこと。ちゃんと熱中症対策をしないまま長い時間外に出てたこと……かな？」

「あぅ……ごめんなさ――」

「ストップ。もうお互い散々謝ったんだからやめよう。謝罪は重ねれば重ねるほど意味がなくなるものだし……それに、互いの失敗があったから、こんな話をすることができたんだ」

俺はそう言いつつ微笑む。覗き込まないと俺の表情は見えないと思うけれど、きっと伝わるだろう。

「朱莉ちゃんの言う通り、俺は昴とか結愛さんへの方が心を開いてるのかもしれない。でも、昴に対する態度と、結愛さんに対する態度がイコールで繋《つな》がるわけでもない。朱莉ちゃんに対してもそうだよ。もしも朱莉ちゃんがこれからも――どれくらいかは分からないけれど、一緒にいてくれるなら、きっと何度も失敗を重ねながら少しずつ朱莉ちゃんのことを知っていって、『朱莉ちゃんといる時の俺』ができあがっていくんだと思う」

「私といる時の、先輩……」

朱莉ちゃんは俺の肩に顔を埋《うず》めるようにしつつ、呟《つぶや》く。

俺の身体に回した彼女の手が小刻みに震える――息遣いで分かる。朱莉ちゃんは今、泣いている。

俺は何も言わず、彼女がこのまま感情を吐き出せるよう、ゆっくり歩き続けた。

「……先輩」

「ん、なに？」

「私、思うんです。先輩が声をかけた一人ぼっちの女の子は、きっと先輩にすごく感謝してるって」

「え？」

彼女自身の話が出てくると思ったら、俺の昔話への感想だった。

それにちょっと驚きつつ——それでも、伝えたいことはなんとなく分かって……。

「そうだね……そうだといいなぁ。だって俺の方こそ、彼女にすごく感謝してるから」

あの日、彼女と出会わなかったら。勇気を持って話しかけなかったら。

そんなことを考えても意味はないけれど、それでもあの日があったから今日、ほんの少し朱莉ちゃんのことを知り、またほんの少し俺のことを知ってもらえたのは間違いない。

「私、もっと先輩のことが知りたいです。知ってもらいたいです。少しずつでも……いつか、私が先輩に隠してることも含めて」

「ああ、俺も」

悪意を持って隠してることなんて俺にはないし、きっと朱莉ちゃんにもないだろう。

あったとしても、『どうして500円程度の借金のカタとして彼女がやってきたのか』という話くらいで。

正直気にならないと言えば嘘になるけれど、でも、今となっては無理にでも聞き出したいなんて思わない。

改まり、腹を割って話す必要なんかない。少しずつ、一歩ずつ、互いを理解していけるほうがずっと楽しいし、ワクワクする。

「良かったです。先輩はやっぱり先輩なんだなって。私が――」

「私が？」

「ふふっ……内緒ですっ！」

朱莉ちゃんはぎゅーっと俺の身体を抱きしめ、自分の身体を押し付け、元気に笑う。

きっとそれはそれは魅力的な、彼女だけの笑顔を浮かべているのだろう。

そんな彼女の笑顔を見たい衝動に駆られはするけれど……今は諦めよう。

焦らなくても少しずつ、彼女のことを知っていけばいいのだから。

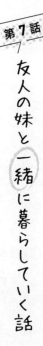

第7話 友人の妹と一緒に暮らしていく話

次の日。喫茶『結《むす》び』にて。

「こんにちはー！」

「いらっしゃいませ、朱莉《あかり》ちゃんっ！　あぁ、今日も可愛《かわい》いなぁ！　ねね、頰擦《ほおず》りしていいっ⁉」

「結愛《ゆあ》さん、お客様に過剰《かじょう》なスキンシップを迫らないでください」

本当に朱莉ちゃんに抱き着きそうな結愛さんの肩を摑《つか》み、止める。

年甲斐《としがい》もなくぶーたれていたが無視だ。今日は約束しているからな。

「いらっしゃいませ。おひとり様でよろしいでしょうか」

「はいっ！」

「かしこまりました。それではこちらへどうぞ」

2時を回り、丁度お客さんがいなくなるタイミングで来店した朱莉ちゃんをしっかり席までエスコートする。

彼女のワガママに沿って、普段でもやらないくらい丁寧《ていねい》に、紳士的に……なんだか面《おも》映《は》ゆいけれど。

昨日家に帰ってから朱莉ちゃんと、俺がアルバイトに入らなきゃいけない時はどうするかを話した。

最初彼女は自分もバイトすると言い出したのだけれど、3人でも十分以上なのだ。さすがにさらに雇わせるのはこの店の寿命をいたずらに縮めかねない。

とはいえ、「じゃあ家で待っててね」なんてことになれば、それまでの話はなんだったんだとなってしまう。

だから、代案として提示したのがこれ――俺がシフトに入っている日に、もしも朱莉ちゃんが家に一人でいたくない場合は、ランチタイムが終わった2時ごろに〝お客様〟として来店してもらう、というものだ。

基本、俺がシフトに入るのは週3日から4日、午前10時の開店から午後7時の閉店まで。

その全日彼女が来店しても入《い》り浸《びた》るわけじゃないし、それに彼女の飲食代は俺のバイト代から出すことになっていて、店への負担は少ない。

俺のバイト代から出すという話は、主に俺と朱莉ちゃんの間で揉めたけれど、最終的には一切の慈悲なくジャンケン勝負で決めさせてもらった。当然、俺の勝ちだ。

朱莉ちゃんはランチタイムが終わるまでの時間、家で家事をやってくれているのだし、俺が支払いを持つというのは当然だろう。


そういわけで、ワクワクに目を輝かせながら席につく朱莉ちゃんに一礼し、カフェカウンターに向かう。

「マスター、昨日言った通りお願いします」

「……（コクリ）」

荘厳《そうごん》な顔つきで頷いて応える伯父《おじ》さんは完全にマスターモードに入っている。

この朱莉ちゃんが来店するということについては、当然伯父さんと結愛さん、また普通に会社員としてバリバリ働いている伯母《おば》さんにも同意を得ている。

これに関しては昨日の時点で朱莉ちゃんから結愛さんに、『朱莉ちゃんが俺の家に同居していること』が伝わってしまっていたのが幸いした。

結愛さんがいったいどういう脚色をして、俺の家に朱莉ちゃんが泊まることが正しいものであると伯父さん達に納得させたのかは一切不明だけれど、とにかく、家に一人のままにしておくよりはよっぽど良いという結論で纏《まと》まってくれた。

そして朱莉ちゃんの、麦茶にも砂糖を入れるほどの甘党っぷりは既に共有ずみ。

マスターは、普段俺用に出してくれるカフェオレよりさらに甘くした、朱莉ちゃん専用カフェオレを用意してくれた。

「って、なんで上に生クリーム乗ってるんですか……⁉」

「……（グッ）」

明らかなスペシャル対応についツッコむ俺に対し、マスターは真面目な顔つきのまま、親指を立てて応えた。

うわぁ……早速メロメロかよ。美少女恐るべし。

若干引いてしまうけれど、別にマイナスではなく、むしろ歓迎してくれているのだから悪いことじゃない。

俺はトレイに朱莉ちゃん専用カフェオレを乗せ、彼女の席まで運ぶ。

「お待たせしました。アイスカフェオレです」

「わぁ……クリームが乗ってます！」

すごい喜んでるっ！

俺は思わずマスターの方を振り向き親指を立てる。

マスターも荘厳な顔つきを破顔させ同じジェスチャーで応えた。

あれはもう完全に若い子にデレデレするオジサンだ。

「いただきますっ！」

目をキラキラと輝かせながら、ストローで生クリームの一角を崩しつつ、専用カフェオレを飲む朱莉ちゃん。

「っ！　美味《おい》しいですッ！　すごく甘くて、まろやかで！」

そんな絶賛コメントに、カフェカウンターの方からパチンッと、指を弾く音が聞こえた。伯父さん……。

「お客様は甘いものがお好きと伺いましたので」

「はい、大好きですっ」

「それならじゃあコイツもサービスよっ！」

突然、やけに静かだった結愛さんが割って入ってくる。

そんな彼女がテーブルに置いたのは、フワフワのシフォンケーキだ。

「ふふふんっ、アタシ特製の焼き立てシフォンケーキよ！　普段は作り置きしてるんだけど、今日は特別に焼き時間が丁度今になるように準備してたのっ！」

「結愛さん、柄にもなく静かにしていたと思ったら……」

「当然朱莉ちゃんのために準備してたのよっ。ささっ、食べてみて！」

「でもこんな……いいんですか⁉」

「もちのろん！」

グッと勢いよく親指を立て、気持ちのいい笑顔を浮かべる結愛さん。

もうなんだっていいや。朱莉ちゃんが喜んでるなら。

「そ、それじゃあ、いただきます……！　はむっ……ん～‼」

シフォンケーキをフォークで丁寧に切り、一口くわえた朱莉ちゃんは、実に嬉《うれ》しそうに身体《からだ》を震わせた。

「すっごく甘くて、すっっっごく美味しいですっ‼」

「あ……っ」

朱莉ちゃんの瞳の輝きを真っ正面から浴びせられた結愛さんは、何かが切れたかのようにしなっと崩れ落ちた。

「アタシ、この日のために生きてた……」

「結愛さん、汚い」

「ちょっと求《もとむ》！　水差さないでっ！　もちろん着替えてくるわよ！」

感動のあまり制服を汚すという禁忌を侵した結愛さんだが、着替えのためにはけていく後ろ姿は実に幸せそうだった。

なんなら歩きながら軽くステップ踏んでたし。

「ごめんね、朱莉ちゃん。昨日、折角《せっかく》だから俺にもてなして欲しいってお願いされてたのに、なんか変な感じになっちゃって」

「いえっ！　すっごく幸せです！　カフェオレもケーキも本当に美味しくて！」

「それなら良かったよ」

「でも、先輩がおもてなししてくれたから、これだけ幸せな気分で味わえるんだと思います。すごく、その、夢見心地といいますか……」

「持ち上げるの上手だなぁ、朱莉ちゃんは」

正直今回、俺が何の役に立ったかは不明だ。ただ彼女を席に案内し、カフェオレを運んだだけ。

明らかにお株は伯父と従姉《いとこ》に奪われてしまった感が否《いな》めない……が、それもそれで良し。朱莉ちゃんが喜んでくれるのが一番だ。

「これで勉強も頑張れそうですっ」

「うん、何かあったら遠慮せず呼んでね」

これから閉店まで、朱莉ちゃんは受験生の本分である受験勉強に勤《いそ》しむという。

家事をお願いして負担を掛けている俺が言うのもあれだけど、ちゃんと勉強するための時間を確保できたことは本当に良かった。ホッとした。

いくら今はバツがつかないほど優秀とはいえ、夏休みが終わったら成績ガクッと落ちてましたなんてなったらシャレにならないもんなぁ……。

「あっ、先輩。このシフォンケーキの代金はどうなるんでしょう」

「あー……まぁ、俺が出しておくよ」

「でも」

「でもじゃない。ジャンケンで決めたでしょ。それにカフェオレだけって縛りもなかったんだし」

わざわざ特製というくらいだから、メニュー外の値段を取られそうだけれど……まぁ、いいだろう。

「まぁでも、ここでの食事代全部、昴《すばる》にツケといても面白いかもな。カフェオレとかケーキとか、朱莉ちゃんがこの店に来るたびにアイツの借金がどんどん膨《ふく》れ上《あ》がっていく……くくく、リアクションが楽しみだ」

「ふふっ。もしもそうなれば、もっともっと、先輩と一緒にいられますねっ！」

朱莉ちゃんはそう俺の冗談に乗りつつ、実に嬉しそうに満面の笑みを浮かべた。

それはいつまでも見ていたくなるくらい魅力的な笑顔で——でも、さすがにずっと見とれているわけにもいかない。

不審に思われてしまうし、それに今はバイト中だ。

「それじゃあ、俺はそろそろ仕事に戻るから」

「はい先輩。ありがとうございます！」

わざわざ持っていたフォークを置き、膝《ひざ》に手を揃《そろ》えて丁寧にお辞儀《じぎ》をしてくるところが彼女らしい。

「あの、先輩」

「なに？」

「ええと……その……頑張ってください！」

「うん。ありがとう、朱莉ちゃん」

朱莉ちゃんは、頬をリンゴみたいに真っ赤に火照《ほて》らせつつはにかむ。

そして、再び結愛さん特製シフォンケーキを口へ運ぶ朱莉ちゃんの姿を見届けてから、俺も店員として恥ずかしい姿は見せられないと気合いを入れて働き始めるのだった。

◇◇◇

「お待たせしました〜！」

「おおっ……！」

その日の夜、朱莉ちゃんが晩ご飯に作ってくれたのはオムライスだった。

当然チキンライスから手作りで、上に乗った卵もとろとろに光り輝いていて、掛かっているデミグラスソースも手作りらしい。

なんというか、総じて専門店で出てくるレベルのそれにしか見えない……！　よく、一人暮らしの貧弱なキッチンでこれだけのものが用意できたものだ。

「えへへ、ちょっと張り切っちゃいました」

朱莉ちゃんはそうはにかみながら、ローテーブルを挟んだ俺の正面に正座する。

「昨日、先輩が働かれているのを見て、私にも何かできないかなって朝から考えてたんです。喫茶店までの道に『ぷっちでぱーと』があったので、午前中にお買い物を……」

「ぷっちでぱーと？」

「チェーンのスーパーです。ああでも、普通のスーパーよりも小さくて……いわゆる都市型小型スーパーというやつですね」

「あー……そういえば最近そういうのができたんだっけ……」

確か1か月前ぐらいにオープンしてたような。当然俺は足を踏み入れることなく、素通りしていたのだけれど……最早朱莉ちゃんの方がこの町を使いこなしてる感があるな。

「でも、家事だってやってもらってるのに買い出しもなんて大変だったでしょ？」

「全然ですよっ！　ある程度計画的に進めればすぐ終わります。それこそ、このソースを仕込む時間だって十分あったんですよ」

「へぇ……すごいな……」

「えへへ。そんなことないですよ」

照れたようにはにかむ朱莉ちゃん。謙遜《けんそん》しているが、そんなに簡単なことなのだろうか。

少なくとも俺には無理だ。それがいったいどれだけの労力を伴《ともな》うか分かりもしない。

けれど、朱莉ちゃんのことだ。

きっと一所懸命に準備してくれたのだろう。彼女は器用だけど、不器用だ。

手を抜けるような子じゃないってことはこの数日で十分理解している。

「私、オムライスが大好物なんです。だから、すごく練習して……ちょっと自信もあったりするんです」

「へぇ……」

「本当はもっと大事なとき、というか、勝負所というか……ええと、温存してたんですけど、でも昨日、もっと私のことを知りたいって言ってくれたから、だから……」

頬をほんのりと赤く染めながら、照れくさそうにはにかむ朱莉ちゃんは、なんというか、すごく可愛くて……俺も妙な照れくささを感じてしまう。


思えば、朱莉ちゃんにはずっとこうだ。

少し前までは友達の妹でしかなかったはずなのに、借金のカタとしてやってきて、一緒に過ごして……どんどん彼女の存在が俺の中で大きくなっていっている。

これ以上彼女について知っていけば、どうなるのか……正直、想像もつかない。

怖いわけではないけれど……でも、なんというか、初めての感覚だ。緊張に近いかもしれない。

「先輩」

「な、なに？」

「私、もっと頑張ります。もっと、先輩に素敵だって思ってもらえるように、特別になれるように……きっと、ううん、絶対、このオムライスよりももっと自信を持てる――好きだって思える料理も作ってみせますっ!!」

　顔を真っ赤に染めながら、少し早口になりながら、そう宣言する朱莉ちゃんは眩《まぶ》しくて、そして――

「な、なぁんて、料理が冷めちゃいますね！　早く食べましょうっ！」

「う、うん」

　朱莉ちゃんに先導されるように、互いに手を合わせる。

「『いただきます』」

　そうして、朱莉ちゃん渾身のオムライスを食べ始めたのだけれど……。

（なんだ、これ。なんだか、落ち着かない）

　オムライスは美味しい。絶品だ。いくらでも食べられる気がする。

　けれど、それとは別に、さっきの朱莉ちゃんの宣言を聞いてから、妙な感覚が俺の中に生まれていた。

心臓が妙に脈打つというか、身体がほんのり熱くなるというか。

決して悪い感情じゃない。嬉しいとか、恥ずかしいとか、そういうのに似ていて、けれどどこか違う。

こうして、美味しいご飯を前にしながら、つい視線は対面の朱莉ちゃんへと吸い寄せられてしまう。

朱莉ちゃんは大好物というだけあって、実に幸せそうにオムライスを食べつつ、無防備に頬を綻《ほころ》ばせている。

(なんか、変に思い悩むのもバカらしくなってくるなぁ)

俺はこの感情の名前を知らない。止め方も分からない。

だからって、別に焦るようなことじゃない。

これから、実際に何日間で、あとどれくらい残っているかは分からないけれど、でも、朱莉ちゃんと一緒に過ごす中で、少しずつこの感情のことも理解していくだろうから。

なんとなく思うんだ。今俺が抱いている感情は、そんな日々の中で、彼女のことを理解していく中で膨らみ、形になっていくものだって。

それがどういうものになって、そして俺と彼女の関係がどう呼べるものに変化していくのかは分からないけれど、すごく楽しみだ。

「あの先輩、いかがでしょうか……？　オムライス、お口に合いますか？」

「……うん。すごく美味しい。たぶん、これまで食べてきた中で一番」

俺はそう微笑みながら頷き、朱莉ちゃんはぱあっとさっきまで以上に幸せそうにはにかむ。

まだ俺と朱莉ちゃんは、感謝とか、不安とか、ちゃんと言葉にしなくちゃ伝えられない、もどかしさのある関係だけれど、でも、不思議な心地よさがある。

だから、今はもう少しだけ、兄の友達と、友達の借金のカタなんていう、そんな奇妙な関係に甘えていたいと、つい思ってしまうのだった。

番外編

私の夏が始まるお話

私は夏が大好きだ。
じわっとした暑さも、蟬《せみ》の鳴き声も、どこからか聞こえてくる風鈴の音も。
きんと冷えたカキ氷も、海の潮の香りも、祭囃《まつりばやし》も。
でも、夏を感じると、つい胸が熱くなる。
最初からそうだったわけじゃない。
私が初めて夏を好きだって思ったのは、まだ小学四年生の頃。

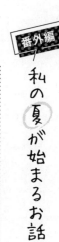

その頃、私は学校でいじめにあっていた。

きっと本物のいじめに比べれば些細《ささい》なものだっただろう。
殴《なぐ》られたり、物を盗られたりするわけじゃなくて、ただ同じクラスの子達から無視される程度のことだったから。

けれど、当時の私にとっては本当につらかった。

前まで普通に話していた友達からも無視されるようになって、学校で誰とも喋《しゃべ》らない一日が珍しいものじゃなくなって、自分が本当にそこにいるのかも分からなくなって。

けれど、泣いたりしたら惨《みじ》めになるだけだから、ぐっと我慢して、帰って自分の部屋で枕に顔を埋《うず》めて、一人めそめそ泣いていた。

お兄ちゃんに知られたらきっと大事になる。

大事になれば今は無視ですんでいるのに、もっと酷《ひど》いことをされるかもしれない。

だから家族にも相談できなくて——

でも、きっとお父さんお母さんにはバレていたんだと思う。

「朱莉《あかり》、サマーキャンプに行ってみないか?」

夏休みに入ったばかりのある日、突然お父さんがそんなことを言ってきた。

「サマーキャンプ……?」

「ああ、同じ小学生の子達が集まってカレーを作って食べたり、キャンプファイヤーを囲んで踊ったりするんだ」

「へぇ！　面白そう！」

お父さんの説明に先に反応したのは、一緒に話を聞いていたお兄ちゃんだった。

そんな嬉々《きき》としたお兄ちゃんの反応が嬉《うれ》しかったのか、お父さんはサマーキャンプについて色々教えてくれた。

色々聞いた中で私が一番心惹《ひ》かれたのは、そのキャンプが隣町の主催で行われるということだった。

多分お父さんは私が学校の子達と上手くいっていないのに気がついていて、せめて同年代の子と遊べるようにとこの話をしてくれたんだと思う。

知らない子ばかり、というのは少し不安だったけれど、お兄ちゃんもいるし、何より私は友達という存在に飢《う》えていたんだと思う。

ほとんど置物になっていた子どもケータイの連絡帳が家族以外の誰かで埋まるのを想像すると、なんだかワクワクした。

◆◆◆

兄が風邪を引いた——それもサマーキャンプ当日に！

「ゴホッ、我が妹よ……！　すまないっ、俺の分まで楽しんできて……ぐぅ！　やっぱり俺も！」

「はーい、お兄ちゃん。38度もあるんだから、大人しく寝てましょうねー」

「そんなぁああああっ⁉」

お母さんに抱っこされて部屋に戻される兄を眺《なが》めつつ、私は急激に不機嫌になっていた。

だって、お兄ちゃんがついてきてくれなかったら、私は本当に向こうでひとりぼっちだ。

お父さんも集合場所まで車で連れて行ってくれるだけで、キャンプにはついてこられないんだから。

「お父さん、わたしも行きたくない……」

「朱莉、昴《すばる》から『俺の分も』って言われただろ？」

「そうだけど……」

「それにな、朱莉。これは昴に言ったら変に悔《くや》しがると思うから内緒なんだが」

お父さんはしゃがみこんで、私の耳元に口を寄せる。

「実はお父さんがお母さんと仲良くなれたのも、昴や朱莉くらいの年にサマーキャンプに参加したのがきっかけなんだ」

「うそっ⁉」

「ははは、本当さ。これまで殆《ほとん》ど喋ったことがなかったのに、同じグループになってて……っと、この話はまた今度ゆっくりな。勝手に話したってバレたらお母さんに怒られてしまう」

そう苦笑しつつ、お父さんは小指を差し出してきた。

私も同じように手を出し、互いの小指を絡めた。

「この話をしたことは、朱莉とお父さんの秘密だな」

「うんっ！」

おしどり夫婦、という言葉がよく似合う両親の普段の姿を頭の中に思い浮かべながら私はにっこりと笑った。

集合場所は隣町の小学校で、キャンプ場へは貸切バスに乗って移動するらしい。

やっぱり私以外の子はみんな友達同士みたいで、さっきお父さんから聞いた内緒話によるドキドキはすぐに胸の奥に引っ込んでしまう。

私は俯《うつむ》きながら、リュックサックの肩紐を握りしめ、一人黙ってバスに乗り込んだ。

バスの座席は自由席だ。きっとみんな友達同士で並んで座って、私の隣は最後の最後まで埋まらないのだろう。

なんだか、小学校での自分を思い出して泣きそうになってしまう——そんな時、

「やっ」

「……え？」

不意に肩を優しく叩かれた。

思わず顔を上げると、にっこりと笑顔を浮かべた男の子が立っていた。

「ここ、まだ誰もいない？」

「う、うん」

「良かった。じゃあ座ってもいいかな」

私はわけも分からないまま、こくこくと首を縦に振る。

もちろん知らない男の子だ。ただ、ちょっと、うんうん、けっこうカッコいい子だった。

「あかり」

「え？　なんで名前……」

「あはは、名札に書いてあるじゃん」

かあっと顔が熱くなる。

受付の時に配られた名札に自分で書いていたんだ。それも『他の子は朱莉って読めないかもな』ってお父さんに言われて、ひらがなで。

それを忘れていたのが恥ずかしくて、ちょっぴり悔しくて、男の子の名札を見る。

「……きゅう？」

「へえ、読めるんだ。えらいえらい！」

「よ、読めるよ！　もう四年生だもん」

からかうような言葉に、私はやっぱり顔を熱くしながら返す。

彼の名札に書かれたたった一文字の漢字は、たまたま私が習ったばかりのものだった。

だから、余計に目に焼き付いたんだと思う。

「でも残念。読み方が違うんだ」

彼は歯を出して笑いながら、自分の名前を指差す。

「もとむ」

「え？」

「求って書いて『もとむ』って読むんだ。それが俺の名前――って、俺もひらがなで書けば良かったなー」

「もとむ、くん」

咀嚼《そしやく》するようにその名前を口にして、気がつく。

――わたし、普通に話せてる。

家族以外では本当に久しぶりに、同い年くらいの人と。

そんな当たり前が嬉しくて……。

「うう……」

「えっ⁉　ど、どうしたの⁉」

「あー、求が女子泣かしてるー！」

「違っ……い、いや、違わないかもしれないけど⁉」

友達らしい人達に求くんが責められている。

求くんのせいではなく、むしろ求くんのおかげと言えるのだけれど、それでも私は嬉し涙を止められなかった。

「ごめん、なさい。わたし、ひとりぼっちだったから……」

「そっか……じゃあここに座ったのは正解だったな」

「え……？」

「だって、ここじゃあ俺があかりの最初の友達だ！　だろ？」

求くんはそう笑って、そして慰《なぐさ》めるように私の頭を撫でてくれる。

その手も笑顔もすごく温かくて、いつの間にか私は笑顔になっていた。


そのまま、私は求くん達と話したり、トランプをしたり……そんな、とても友達っぽいことをしながらバスですごした。

「求くんはどうして私に話しかけてくれたの？」

「そりゃあもちろん……」

「ナンパだろー」

「あかりちゃん可愛《かわい》いもんなー」

「か、かわ……⁉」

「そんなんじゃないから」

求くんは呆《あき》れたように溜息を吐《つ》く。

そういう意味じゃない、と分かっていながらも、『可愛い』という褒め言葉を否定されてしまった気がしてちょっともやっとしてしまう。

「ほら、これ」

そんな私のことなんか気付かずに、求くんは私の手首を摑《つか》む。

摑むといっても決して強引ではなく、むしろすごく優しくて……つい、呆気《あっけ》にとられてしまった。

「同じ緑のリストバンドしてるだろ。同じ班なんだ、俺達」

求くんはそう手首につけたリストバンドを私のそれに合わせるみたいに見せてきた。

一緒に向けられた笑顔が眩《まぶ》しくて、私はまた自分の顔が熱くなるのを感じた。

「せっかく同じ班なんだし、仲良くなりたいじゃん！」

「そういえばあかりちゃん、初めて見るなぁ。別の小学校の子なの？」

「う、うん」

「やっぱり！　だってこんなに可愛いんだもん。見たことあれば絶対に忘れないし！」

「か、可愛いとか……」

そんなこと、家族以外に言われたことはない。

けれど私はなぜか、それを言ってくる求くんの友達じゃなくて、求くんがどんな反応しているかが気になってしまう。

「求も、あかりちゃん可愛いって思うよね？」

「そりゃあ……」

求くんがこちらを見る。

それが思ったよりも近くて、彼の瞳に私が映っているのが見えて……。

「そう思うけど」

「〰〰〰ッ！！？」

私は耐えきれず、顔を覆ってうずくまってしまう。

求くんが友達から、また泣かせたと責められているのが聞こえて、求くんも慌てて心配してきてくれているけれど、でも、とても顔は上げられない。

だって、今の私の表情はとても見せられるものじゃないから。

溶けてしまいそうなくらいに熱くて、苦しくて。

心臓がばくんばくんとうるさい音を立てて。

今まで感じたことのない、変な感情が溢《あふ》れ出《だ》す。

それは、私がまだ知らない感情だった。

月並みな言い方になるけれど、求くんは人気者だった。

友達も多くて、班の内外問わずたくさんの人に声をかけられていた。私とはまるで違う。

◆◆◆

「あー、疲れたぁ！」

芝生の上に敷いたシートの、私の隣に腰を下ろし、求くんは満足げに息を吐く。

キャンプ場に着いてから今まで、アスレチックとか近くの川で遊んで、今は家から持ってきたお弁当を食べるところだ。

求くんが広げたお弁当箱は黒い、シンプルなデザインのもので、大人っぽくて。

対する私のは、好きなアニメのキャラクターが描いてある、子どもっぽいもので。

（たった一つしか違わないのになぁ……）

四年生と五年生、それだけの違いなのに、自分が子どもで、求くんが大人で……そんな違いが嫌になる。

「あかりの弁当箱、いいなー」

「え？」

「俺の弁当箱、父さんのお下がりなんだ。俺も好きなキャラが弁当箱にいたらテンション上がるんだけどさぁ」

求くんはまるで私の頭の中を見たみたいに、そう苦笑した。

「うわー、中も美味《おい》しそうだなぁ！」

「も、求くんのも美味しそうだよ」

「そう？　じゃあそう母さんに伝えとく！」

そうか、お弁当を作ったのはお母さんだから、美味しそうもお母さんに向けた言葉になるんだ。

私もお母さんに、求くんが美味しそうって言ってたって伝えよう。

もしも私が作ってたら……なんて、そんなことをついつい思ってしまうのだけれど。

「それじゃあ食べようぜ。いただきます！」

「い、いただきますっ」

キャンプ場では基本班行動。

私達の班にはもちろん他の人もいるけれど、でも求くんは特に私と一緒にいてくれる。

きっと、私が求くんと一緒にいたいって思っているのが分かっているんだと思う。少し恥ずかしいけれど、なによりも嬉しかった。

「あっ」

いっぱい遊んで、たくさん飲んだからか、いつの間にか持ってきた水筒は空っぽになってしまっていた。

そんな私を見て、求くんがクスリと笑う。

「飲む？」

求くんはすぐに自分の水筒を差し出してくれた。

男の子らしい大きめの水筒で、反射的に受け取った私の手にはまだ中身が入っているずっしりとした重みが伝わってくるのだけれど、でも……！

「こ、これ、飲み方……」

「ん？　普通に口付けて飲めばいいよ」

そう――求くんの水筒は、蓋《ふた》をコップにして飲むタイプじゃなくて、直接口をつけて飲むタイプだったのだ！

た、確かに男の子ってこういうの好きだけど……！

「あはは、これはお下がりじゃないんだぜ」

まじまじと水筒を見つめる、いや睨《にら》みつける私に、求くんは照れたように頭を掻く。

違う、そうじゃない。

でも、喉《のど》は渇《かわ》いているし、それとは別の、身体《からだ》の奥からこみ上げてくる気持ちも抑えられなくて、私はまだ少し湿《しめ》っている水筒のふちに口をつけた。

「えっ！　あ、甘い……！」

香りはうちでも普段から飲んでいる麦茶みたいだったけれど、その味はなんだか甘くて、すごく美味しかった。

「美味《うま》かった？」

「う、うん。なんだかすごく美味しい……これ、麦茶なの？」

「そうだよ。でも、それだけじゃない」

「え？」

「砂糖が入ってるんだ」

「お砂糖？」

「ああ、結構合うだろ？　最近俺の周りで流行《はや》ってるんだ」

求くんはそう言って、私が返した水筒に口をつける。私が口をつけたばかりの水筒に。

私はあんなにドキドキしたのに、顔が熱くなるくらい緊張したのに、きっと求くんは……間接キスがどうなんて思ってないんだろうな。

「あっ！　あかりの唐揚げ美味そうだなー！　俺のと交換しない？」

そう、すぐに次の話題に移ってしまう求くんを見て、私はちょっとだけ子どもだなって思ってしまう。

けれど、そんなところもカッコいいとは違う……可愛い感じがして、やっぱり私はドキドキしてしまう。

求くんと一緒に居ると、私はドキドキしっぱなしだった。

お弁当を食べた後はちょっとしたレクリエーションがあって、その後はみんなでカレーを作って食べたり、キャンプファイヤーを囲んでゲームしたり……あと、肝試《きもだめ》ししたり……。

肝試しはちょっと怖かったけれど、でも凄《すご》く楽しかった。

班のみんなは本当に良い人ばかりで、全然知らない私にも優しくしてくれて……だから、また、元の場所に帰るのが怖くなってしまう。

「ねぇねぇ、あかりちゃん」

「なぁに、あやちゃん？」

肝試しも終わって、最後のプログラムは、キャンプ場に張ったテントに入ってみんなで眠るというものだった。

もちろん、男女は別々だけれど。

あやちゃんは同じ班の今日できた友達の一人だ。求くんと同じ小学校の、しかも同じクラスに通っているらしい。

……ちょっと羨《うらや》ましい。

「あかりちゃんってさ、求のこと好きなの？」

「ひぇっ⁉」

思わず変な声が出てしまった。

顔がかあっと熱くなる。ひそひそ声だったけれど、こんなみんないる場所でそんな……⁉

「そ、そんなこと……」

「顔真っ赤だよ？」

「ほ、ほんと⁉」

「うーそっ。だって暗くて見えないもん」

けらけらとからかうように笑うあやちゃん。

けれど、きっと今の反応で伝わってしまっただろう。

「……あ」

顔は熱く、心臓はばくばくいっている。

決して恥ずかしさからだけじゃなくて、求くんのことを考えたから。

あやちゃんから、求くんのことが好きなのかって、聞かれたから。

「そっか……」

私は、今ようやく、自分の中で生まれた感情の名前を知った。

求くんと一緒にいると嬉しかった。
ドキドキして、ワクワクして、すこしこそばゆくて、夢の中みたいにふわふわする。
熱が出た時みたいに頭がぼーっとして、でも苦しくなくて、むしろ気持ちが良い感じ
……。

これは、私が求くんに抱くこの感情の名前は――

「あかりちゃん、可愛いなぁ！」

「へっ、あ、あやちゃんっ⁉」

あやちゃんが急に抱きしめてきて、当然声を潜《ひそ》めてなんかじゃすまなくて、他の子達

も興味を向けてくる。

私はあやちゃんに抱き締められながら、それでもただ求くんのことを考えていた。

考えずにはいられなかった。


今まで本とかテレビの向こうにしかなかった恋が、まさか私にやってくるなんて。

それも今日出会ったばかりの人に……ううん、初めて話したあの瞬間からきっと……。

「あやちゃん、私、求くんのこと好きなのかな……」

「なのかな……って、きっとそうだよ！」

あやちゃんが嬉しそうに頷く。

求くんのことがどうっていうより、多分、恋の話に興味があるんだと思う。

私も恋には凄く興味あるし……でも自分のこととなると少し違う。

自分が恋して、その恋に注目されるのはなんだか恥ずかしかった。

「いやぁ、うちの求になんて中々お目が高いよ、あかりちゃん！」

「あ、あやちゃん、声が大きいよぉ」

「大丈夫！　あたしたちみんな、あかりちゃんの味方だから！」

がっつり話を聞いていた他のみんなも、やけに目をギラギラさせて頷く。

ああ、顔が熱い。ものすごく恥ずかしい。

「よぉし、それなら告白――ってのは気が早いか。『兵をいんとすればなんとやら』って言うし！」

「兵を……？」

「わ、わかんない！　なんかテレビでそんなこと言ってた！」

「でっ、でっ！　あかりちゃんは求のどんなところが良かったの⁉」

「え、ええと……」

求くんのどこが良かったなんて、そんなの悪いところを探す方が難しいくらい。

でも、カッコいいとか、優しいとか、温かいとか、なにか言葉にしてしまうと変な気がして、結局口ごもってしまう。

「な、内緒！」

「えー、教えてよー！」

当然、みんなも簡単に納得してくれるわけがなく、ボランティアのお姉さんが「仲良くするのもいいけど、いい加減寝なさい」とやんわり注意してくれるまで、私は質問攻めにされ続けるのだった。

……ただ、みんな寝袋に入って寝入った後も、慣れない寝床と、そして慣れない感情に悶々《もんもん》として、結局私が眠る頃には外はもう薄《うっ》すらと明るくなってきてしまっていた——


そして、次、私が目を覚ましたのは帰りの、それもお父さんの車の中でだった。

そう、最後の最後、解散まで私はずっと眠りこけてしまったのだ……！。

こういう後に何度も後悔がまわるような思い出を『黒歴史』なんて呼ぶらしいけれど、まさにここで寝過ごしてしまったことは私にとって間違いなく黒歴史といえるだろう。

このサマーキャンプにおける2日目はほとんど何もなくて、ただバスに乗って帰るだけ。

体力も少なく、ペース配分なんてとても知らない小学生達が、全力でキャンプを楽しんだ次の日にろくに動ける筈もないから、当然といえば当然で……だから、私が帰りの瞬間まで起きられなくても、あまり問題なかったのだ。

今でも、起きてバックミラー越しに父の顔が見えた時のことは忘れられない。

そりゃあ、たとえ起きていられたとしても求くんに、その、告白なんてできなかっただろうけど……！

お父さんから聞いた話だけれど、バスから眠ったままの私をおんぶで連れてきてくれた男の子がいたらしくて……そんなの絶対求くんだろう。

お別れの挨拶もできなかったのに……おぶってもらった感触も覚えられていないなんて。

でも、求くんにはまたすぐに会える。彼が住んでいるのは隣町だし、それに来年もキャンプはあるだろうし。

と、この時の私は思っていた。

でもそれは叶わなかった。

だって、私に隣町までわざわざ会いに行く勇気なんかなかったし！

サマーキャンプも、次の年から予算の都合とかで開催されないなんて思わなかったし！

それから時間も随分経って、結局求くんとはそれっきり。

初恋なんてあっさりしたもので、私は1日だけの幸せな時間と引き換えに、失恋の傷を負ったんだ……なんて、中学生が抱きがちな思春期らしいちょっとオーバーな諦めで決着をつけようとしていた、そんな時——

「お邪魔します。ええと、君が昴が言ってた妹さん？」

次の夏がやってきた。

◆◆◆

私が中学三年生になって。

彼が高校一年生になって。

お互い、あの頃より大きくなっていたけれど、私はすぐに彼があの求くんだと分かった。

顔立ちは余計にカッコよくなっていて、背も伸びて、声も少し低くなっていて——けれど、あの時感じた優しくて温かい雰囲気がそのままだったから。

「あ、え、えと……」

兄が突然求くんを家に連れてきた日は奇《く》しくも彼と出会った時と同じ夏休みだった。

私は受験生で、でも、その日は図書館にも学校にも行かず、家で勉強をしていた。当然求くんが来るなんて想像もしていないし、なんなら家族以外と会う予定もなかったから、だから……！

だからとても人に見せたいとは思えない、すごくラフで可愛くない、完全部屋着なキャミソールとショートパンツ姿で、私は初恋の人と再会した。

求くんとまた会えた最高と、好きな人にだらしない姿を見られた最悪がまったく同時にやってきて、正直かなりパニックだった。

「おい、求。人の妹脅《おど》かすなよ」

「脅かしてないから。挨拶しただけだって。妹さんも素性《すじょう》も分からない知らない人が家にいたら怖いだろ」

呆れたように求くんを責める兄に、求くんも同じ感じで、でも気安い雰囲気で返す。

実は私は、家族に求くんのことを教えていなかった。

それは宝物を自分だけの宝箱にこっそりしまうみたいに、求くんとの思い出は私だけのものにしたかったという、私のちょっとした我儘《わがまま》だったのだけれど。

だから、兄は私が求くんに初恋を捧《ささ》げたどころか、そんな名前の人とサマーキャンプで会ったことも知らなかった。

「あれ……？」

そして求くんは、

「君、どこかで会った……？」

私がパニック寸前まで追い詰められているのに気づかず、そう私の顔をのぞき込んできた。

私は気づいてもらえないのがショックとか、顔が近くにきてドキドキするとか、色々な感情が渦巻《うずま》いて、呼吸さえ忘れてしまう。

「おい、なに人の妹ナンパしようとしてんだよ」

「してないから。ああ、もうすぐ思い出せそうなんだけど……」

「はいはい、離れる離れる」

頭を捻《ひね》る求くんを、兄が肩を摑んで引き離す。

ホッとするような、残念なような……やっぱり私の心境は複雑だ。

「にしても意外だな。確かに俺の妹は美少女という言葉が安く感じるくらいには美少女だけど、まさかあの求が手を出そうとするなんてな」

「だからそんなんじゃないって……」

ニヤニヤとからかうように笑う兄と、うんざりした感じで溜息を吐く求くん。

軽いようで意外とパーソナルスペース広めな兄が家に連れてくるくらいだからそうなんだろうけれど、その些細なやりとりだけで随分仲が良いと分かった。

「一応紹介しとく。我が自慢の妹、朱莉だ。こっちは高校の友達、白木《しらぎ》求」

「どうも……って、あかり？」

「っ‼」

私の名前に反応して、目を丸くする求くん。

も、もしかして気づいて……⁉

「おーい、求ぅ？　まさか、まだ『どこかで会った』なんて言うんじゃないだろうなぁ？」

「でも本当にどこかで……いや、悪い。困らせちゃうな、こんなこと言っても」

兄の妨害もあり、求くんは思い出すのを諦めてしまった。

とはいえ、彼を責めることはできない。私もサマーキャンプのことを誰にも言ってこなかったし、もう何年も前の話だ。忘れていてもしかたがない。

むしろ、求くんにその話をして、それでも思い出して貰《もら》えなかったら……そう考えると、私はとても自分から切り出すことなんかできなかった。

「い、いいえ、気にしてませんっ」

私は求くんに、努《つと》めて平静を装いながら、笑顔で言葉を返す。

笑顔は明らかに取《と》り繕《つくろ》ったように硬く、声も震えてしまったけれど。

「そんじゃあ朱莉、こいつ俺の部屋に連れてくけど、もしもうるさかったら言ってくれ」

「う、うん。分かった」

「ほら、行くぞ求」

「おぉ……」

兄に腕を引っ張られ、求くんが連れていかれる。

それをただ見送ることしかできなかったけれど……でも、絶望感はない。

だって、もう会うことがないと思っていた人と、もう一度再会できたのだから。

それも今度は一期一会《いちごいちえ》なんかじゃない。求くんは兄の友達で、きっとこれから何度でも会うことができるんだから。

まるで止まっていた時間が動き出したかのような感覚に、私は自分の胸が高鳴るのを感じずにはいられなかった。

すごく嬉しくて、幸せで、あの夏の日のような熱が蘇って――


そして…………何事も起きない3年が経過した……！！！！

◆◆◆

「えっ、お前、求のこと好きだったの⁉」

先輩との再会から3年経った今年のゴールデンウィーク。

大学に入学して一人暮らしを始めた兄が帰省してきた時、私は泣きじゃくりながらずっと秘めてきた想いを吐露した。

友達にも、誰にも言ったことのない想いを、よりにもよって想い人と友達である兄に対して。

そう――私は、先輩と再開してから今に至るまで、ろくに仲を進展させられなかったのだ。

ほとんどなんのアプローチもできないまま先輩は卒業してしまって、また先輩との関係はなくなってしまって……後悔と寂しさと自己嫌悪に襲われた私には、もう最後の繋《つな》がりである兄に頼る以外なかった。

当然これまで秘めてきた私の想いに初めて触れた兄は、これまでの人生で一番とも思えるほどに驚いて、座っていたイスから盛大に転げ落ちた。

でも落ちた時の物理的衝撃で落ち着いたみたいなので、結果オーライかもしれない。

「そうか……そりゃあ俺も可愛い妹のことなら何とかしてやりたいって思うけど、よりにもよって求かぁ……」

兄は泣く私を気遣《きづか》ってポケットティッシュを投げ置きつつ、困ったように苦笑する。

「先輩、だと、駄目なの……？」

「いや、あいつはいい奴だし、もしも義弟《おとうと》になったとしても悪くない——いや、むしろいいな。面白い」

「義弟って——ッ⁉　お兄ちゃんっ！　話、飛躍させすぎっ‼」

「そうか？　だって朱莉は求のことが好きなんだろ。付き合って、いつかは結婚したいって思わねぇの？」

至極当然のように無遠慮にそう言ってくる兄に対し、私は相談相手を間違えたかもと思ってしまう。

「分かんない、分かんないよっ……！　私はただ、先輩が好きで……寂しくて、それだけで……」

そこから先のことなんか、考えたこともなかった。

私にとって先輩は、傍《そば》にいて当たり前の人じゃない。まだ一方的に憧《あこが》れを抱くだけの、遠い存在で……。

だからそこから一歩、仲良くなりたい。当たり前のように話せるようになりたい。

それ以上のことなんか――そういう未来を今まで一度も想像しなかったかといえば嘘になってしまうけれど、そんな未来、まるでファンタジーだ。

「朱莉よ、初心《うぶ》なのはいじらしくていいと思うが、そう奥手なままじゃ求は手に入らんぜ？」

「て、手に――⁉」

「そうだな……実際にあったある人の話をしよう。本名を言うと知っている相手だった時気まずいだろうから仮に松本《まつもと》さんとしておく」

松本さん……偽名にしては普通にありそうな名前だ。

「松本さんは俺達の1個上の先輩でなぁ。求とは同じ図書委員だったわけよ」

「同じ委員会……いいなぁ」

「いいなぁって……」

兄が呆れたように溜息を吐く。普段溜息を吐かせる側の兄にこんな反応をされるのはちょっとムッとしてしまうけれど、同時に先輩と同じ委員会に入ったという、会ったこともない松本さん(仮名)に嫉妬してしまったことが恥ずかしく感じた。

「まぁ、いい。とにかくその松本さんに求は図書委員の仕事を教えてもらっていたらしく……結論から言うと、惚《ほ》れた」

「え……先輩が⁉」

「いや、松本さんが」

「ややこしい言い方しないでよっ⁉」

今の言い方は確実に先輩が松本さんに惚れた感じのものだった。ああ、ショックで死んじゃうかと思ったぁ……。

「松本さんは結構内向的な人でな、口下手な説明にも文句を言わず、笑顔で付いてきてくれる後輩にトゥンクしちゃったらしい」

「トゥンク？」

「ばっ、おめっ、説明させんな恥ずかしい！」

「なら最初から口にしないでよ……」

なんて話はさておき、兄曰《いわ》く、結局その松本さんと先輩はお付き合いには至らなかったらしい。良かった。

「松本さんは奥手ながらに、周りが見ても明らかに求に惚れてたっぽかったんだけど、あいつは全く気付かずでそのままって感じだったんだよなぁ」

「へぇ……」

「何が『へぇ』だよ。どっかの誰かさんと状況が全く同じだろうが」

先輩のことが好きで、けれど直接アクションをかけられず自然消滅……あ、私だ……。

「求の周りにはそういう子がまぁまぁいたぜ？　無自覚にモテるんだよなぁ、ムカつくことに」

「で、でも、先輩は誰とも付き合わなかったんでしょ！」

「ああ。お前を含めてな」

「むぅ……」

つまり、私も松本さんも先輩に片思いをする有象無象《うぞうむぞう》にすぎないということらしい。

「ま、他にも鶴羽《つるは》さんとか、杉《すぎ》さんとか、秋桜《こすもす》さんとか……求の女関係についてのエピソードはあるけど、結末は大体同じだ」

なぜか薬局名縛りの仮名を並べる兄。

けれど、口ぶりからしてエピソードがあること自体は嘘ではないのだろう。

「ま、お前みたいなやつは珍しくもないわけで……それを知った上で、朱莉、お前はどうしたいんだ？」

兄はそう、真剣に聞いてくる。

私の兄として、そして先輩の友達として。

「私は……先輩と……」

具体的に考えたことはなかった。

先輩とどうなりたいとかそういうのはなくて……でも、それが今の後悔に繋がっていて……。

もう何年も同じ失敗を続けている。漠然《ばくぜん》と想うだけじゃ駄目だ。

「お兄ちゃん……私、私は、先輩と――」

私は改めて悩み、考え、そうして浮かんだ確かな願いを、勇気を振り絞って口にした。

「先輩と――いつでも話せるようになりたい‼　具体的には、特に用事がないときに電話しても嫌がられない関係というかっ！」

言った。言ってしまった！　よりにもよって実の兄に！　夢見がちだと馬鹿にされる可能性だってあるのに!!

あぁ……顔が熱い。心臓がバクバクする。

さすがに欲張り過ぎただろうか。はしたない妹だと思われただろうか……と、思いつつ、恐る恐る兄の方を見ると、兄は呆然《ぼうぜん》と口を半開きにしたまま固まっていた。

「そ、それだけ……？」

「え？　それだけなんて……いや、かなり踏み込んだと思うんだけど……」

「あ、あはは……。そうかぁ、なんか我が妹ながら中々にピュアというか……いや、悪いことじゃないけどさ」

兄は深々と溜息を吐く。なんだかそこはかとなく馬鹿にされている気がする。

「繰り返しになるけどさ、付き合いたいとか、結婚したいとか思わないのか？」

「そ、それは……それはまた先の話でしょ！　私、まだ先輩とちゃんと関わりも持ててないんだよ!?　それなのに付き合うとか、結婚とか、一姫二太郎なんて——」

「うん、最後のは言ってないな」

「それ、捕《と》った狐に油揚げって言うんだよっ!?」

「捕らぬ狸《たぬき》の皮算用な。なんで餌付《えづ》けしてんだよ」

ぺしっと丸めた雑誌で頭を叩かれる。軽くではあるが、ちょっと痛かった。

「ま、確かに今までの奥手さを思えばこんなものって感じもするけどさぁ……朱莉、はっきり言う。そんな志《こころざし》じゃ無理だ」

「っ……‼」

「いいか、朱莉みたいなやつはゴロゴロいる。生半可な気持ちじゃ、一歩……いや、二歩、三歩先へと抜きんでることなんか永遠にできる筈がない」

「え、永遠に……⁉」

がつん、と強い衝撃を受けた気がした。

今度は雑誌で叩かれたという訳ではなく、言葉で直接頭を揺さぶられたみたいな感覚だった。

「受験だってそうだぞ。行きたい大学の基準をさらに超えるレベルに達しないと、入試でこける可能性なんかざらに――」

「どうしよう、お兄ちゃん⁉　このままじゃ先輩、誰かに取られちゃう‼」

「……お前はまだ取った取られたなんて言える段階にねぇよ」

ガツーン‼

二度目の衝撃。そうだ、私は先輩にとっては路傍《ろぼう》の石《いし》。村人A。燃えるごみの日に出された資源ごみみたいなものなんだ。今日は回収日じゃありませんと張り紙を貼られる運命……！

「だが、そんなお前にもチャンスは用意されている。なんたって俺がいるからな。お前、俺を何だと思っている！」

「外見ばかりのポンコツお兄ちゃん……」

「この流れでそんな悪口言う⁉　それにそんなのお前だってそうだからな⁉」

「私、勉強できるもん！　先輩とお兄ちゃんの入った大学だってA判定貰ってるもん！」

「いや、俺が入ってる時点で自慢にならないだろ……さっきもわけの分からんことわざ披露してたしよぉ。そういうところをポンコツって言ってんの」

そう渋面《じゅうめん》を浮かべる兄に、私は履いていたスリッパを投げつけようとして――やめた。

ケンカは同類の間でしか起こらない。私は兄に怒らないという大人な態度を見せることで、ポンコツではないと証明するのだ。

「話を戻すが、俺はお前の想い人の親友だぞ。当然、求への理解もお前なんかに比べたら全然高いっつーの」

「自慢⁉」

「自慢することじゃねぇよ……。てかさ、そんな態度取っていいわけぇ？」

「え？」

「そもそも相談してきたのだって、俺なら状況を変えられるかもって思ったからだろ？　それなのに俺の機嫌損《そこ》ねたら……なぁ？」

兄は意地悪な笑みを浮かべる。

それを見て、さっと血の気が引いていくのを感じた。

そうだ、私は兄に頼みに来たのだ。先輩と仲良くなりたいから、変わりたいから、手伝って欲しいって——

「朱莉、人に頼むならそれ相応の態度が——」

「お願い、お兄ちゃん！　力を貸してくださいっ!!」

「早っ！　心変わり早ぁっ⁉」

考えるまでもなく、私は深々と床に頭を擦《こす》り付《つ》けた。

ジャパニーズ土下座。古来より伝わる最大級のへりくだりスタイルだ。

「妹よ、なんだかそこまで必死になられるとお兄ちゃん色々心配になるぞ……？」

「だって……だって辛《つら》いんだもん！　学校に行ってももう先輩はいないんだよ⁉　毎日あれやこれや手を使ってお兄ちゃんの弁当隠したり、先に持っていたりして、昼休みに

届けるついでに先輩に会うのがささやかながらに大事な日課だったのに！」

「お前そんなことを⁉　もしかしたら本当に弁当抜きかもと恐怖に震えていた俺の心労を返せよ……」

ちなみにお母さんも協力者だ。

弁当を作っていたのは私だけれど、台所の主はお母さんだ。彼女を味方につけるところから計画は始まる。

ただ難しいことは何もなくて、「お兄ちゃんは早弁しちゃうから私が昼休みに届けに行く」と言えばイチコロだった。

「とにかくお願い、お兄ちゃん！　この通り！　一生のお願いだからっ‼」

「必死過ぎる……‼　つーか、顔を上げろっ！　よくよく考えたら妹に土下座される状況ってかなりヤバいから‼」

「粉骨砕身《ふんこつさいしん》の思いで手伝う、と言ってくれるまで納得しません」

「要求重てぇな⁉　分かった、手伝うから‼」

よし、言質《げんち》をとった。

思わず緩む頬を隠すことなく顔を上げると、兄はぐったりと項垂《うなだ》れていた。

「はぁ……なんかすげぇ疲れた……」

「お兄ちゃん、溜息吐くと幸せが逃げるっていうよ」

「ソウダネ……」

なんだかそれ以上は話しかけづらく、項垂れる兄を前に待つこと数分――

「……思いついた」

「え？」

「思いついた。朱莉と求をガッツリ接触させる方法」

「ほんとっ⁉」

ガッツリ接触というなんとも耳触りの良い言葉に私は身を跳ねさせる。

どうやら項垂れていた兄はその間に具体的な策を練っていてくれたらしい！

凄い！　頼りになる！　そこそこ好き！

「いいか、朱莉。この作戦は少々危険だ。運にも左右されるだろうし、何よりお前の覚悟が求められる」

「か、覚悟……！」

「けれど、この作戦の第一段階が成功すれば、お前は求と期間限定だがいつでも話せるようになるっ」

「そ、そんな素敵な作戦が⁉」

「それだけじゃない……一つ屋根の下でだ！」

「ひ、ひと、ヒトツヤネっ！！？」

そんなの、もう、結婚じゃ。

「聞きたいか、この作戦を……‼」

「聞きたい！　聞きたいですっ！　今まで生きてきた人生の中で一番知りたいと思った情報かもしれない程度には聞きたいですッ‼」

「分かった。それじゃあその前に——」

兄は先ほど私に投げ渡したティッシュを指し、言った。

「鼻血、止めろ」

「え？　……あ」

興奮し過ぎたせいか、私の鼻からはぽたぽたと血が垂れてきていた。

乙女として鼻血なんてNG事項だが、今はそんなことよりも話を先に進める方が大事だ。私はすぐさま鼻にティッシュを詰め込み、そのまま改めて兄に向き合う。

兄は「折角の美少女が台無し……」などと呟いていたけれど、無視だ。

「それで、お兄ちゃん。私はどうすればいいの？」

「あ、ああ。それじゃあ言うぞ。朱莉、お前は……物になれっ‼」

強く言い放たれたその言葉に、私は一瞬固まった。

頭の中で三点リーダが流れる感じ。けれど、すぐに思考は兄の言葉を理解して、そして――

「ひっ……！」

私は思わず自分の身を護《まも》るように腕で自らの身体を抱きしめつつ、兄から距離を取る。

「ちょ、朱莉、変な意味じゃないから！」

「お兄ちゃん、最低！　それって身体を売れって言うんだよね⁉　覚悟なんて強い言葉使って妹にそういうこと勧《すす》めるなんて最低だよ‼　お母さんに言いつけてやるから‼」

「ちげーよ⁉　身売りなんて勧めてないから！　俺が妹にそんなことさせる非情な人間だと思うのか⁉」

「思わない……ううん、思ってなかった。さっきまで」

「俺の株価急暴落っ‼」

妹の身体を売ろうとする鬼畜男なんて兄業界から追放されればいい。そんな業界あるのか知らないけれど。

「朱莉、違うんだ！　俺が言ってるのは求の物になれってことで……ああ、いや、これ全然フォローになってねぇな⁉」

「え、先輩の物……⁉　何その危険な響き……‼」

「ちょっと、朱莉さん？　なんでそんなに目をキラキラさせてるのかな？　言い出したのはこっちだけど、今度はお兄ちゃんが引いちゃうぞ？」

「お兄ちゃん、続き。続きによっては評価の改善も検討するから」

改めて正座で座り直した私に、兄は頬を引きつらせつつも、仕切り直すように咳払《せきばら》いをした。

「いいか？　求からしてみれば、今のお前は〝俺の妹〟でしかない。知り合いって認識も薄いかもってレベルだ」

「う……」

「けれど、だったら俺を通せばいい。俺なら……そうだな、夏休みにでもお前を求の、それもあいつが一人暮らししている部屋に泊めさせることができるッ‼」

「先輩の、それも一人暮らしをしている部屋に……⁉」

「そしてそのきっかけだが……俺が求に借金をする」

「え？」

いきなり、意味の分からないことを言いだしたと思った私だったけれど、兄はとても真剣な表情を浮かべていた。

「しかし、俺はその金を返すことができず、その穴埋めとして……お前を借金のカタとして求の家に派遣させるのだ！」

「それってつまり……私がお兄ちゃんの借金のカタに先輩の物になるってこと……？」

「ああ。正直妹を人質にとらせるみたいでお兄ちゃんとしては心が痛むがな」

だから、物になれって……さっきのお兄ちゃんの畜生発言はそういう意味だったんだ。

先輩の部屋に泊まれるというのは非常に魅力的だけれど、でも、本当にそんな手が通用するのだろうか？

「さすがに先輩も変だって思うんじゃないかな……？」

「確かに口実としちゃあ変かもしれないが、普通に泊めて欲しいって言っても通じないだろうからな。それこそ俺の部屋に泊めろって話になるだろ？　兄妹《きょうだい》なんだし」

「う……確かにそれが自然だよね……」

「仮に俺が駄目な理由を用意しても、女の子が男の家に泊まるなんて良くないとか言って、知り合いの女子の家とか案内されるかもしれない。ま、それがアイツの良いところでもあるんだが。ＪＫがやってきてラッキーなんて思う軽薄《けいはく》な奴なら、俺は意地でもお前を渡しはしないしな」

兄の言うことは間違っていないし、先輩の性格を考えれば容易にそうなった未来が想像できる。

そして兄の言うとおり、それが先輩の良いところで、そんな誠実なところも凄く好きなんだけれど。

「ま、あいつも押しに弱いところがあるからな。向こうが常識で来るならこっちは非常識で勝負だ。予《あらかじ》め外堀を埋めていっちまえばいい」

「外堀……」

「きっかけは何だっていいが、借金のカタっていうのが一番手っ取り早い。俺が金を借りて返さなきゃいいんだからな！　そんで、お前は俺の責任を被《かぶ》って荷物持ってアポなしで突っ込むってわけだ」

「押し掛けるってこと……⁉　そ、そんな大胆な……」

「できない、とは言わせねぇぞ？　俺だって金を返さないルーズな奴ってレッテルを親友から貼られることになるんだ。やるんだったら、お前だって目的のために体面を捨てる覚悟をするんだ」

「お兄ちゃん……」

答えは出ていた。先輩とどんな関係になりたいとか、お泊まりしたいとか、そういう話じゃなくて、そもそもの前提。

先輩に会いたい。話したい。それが叶うのであれば――

「分かった。私、やるよっ！」

こうして私達兄妹は、先輩を落とすために一世一代の狂言を披露することとなったのだ。

ぐっと握《にぎ》り拳《こぶし》を胸に押し当てつつ決心する私。そんな私に兄は、

「まぁでも、妄想だけで鼻血垂らしてるような状態じゃ、ひとつ屋根の下で暮らすなんて夢のまた夢だけどな」

「うぐ……！　た、耐性つけるもん！　まだ夏休みまで時間あるし……！　お兄ちゃんにも手伝ってもらうから！」

「勉強しろよ、受験生」

そう冷たいツッコミを入れてくるお兄ちゃんだったけれど、なんだかんだでブラコンの気《け》があるお兄ちゃんだ。

私の要求通り、お兄ちゃんが高校時代に撮りためた先輩のプライベート写真（私はこれを至宝と呼んでいる）や、卒業アルバム（写真を見ているとちょいちょい女子から先輩に視線が向いているのも散見された）などを貰い、それらを毎日摂取することで、私は先輩耐性を高めていった。

最初の頃は先輩のカッコよかったり可愛かったり、あれやこれやなご尊顔の過剰摂取によって、息切れや動悸《どうき》が止まらないといった禁断症状も出たりして、学校でもりっちゃんから「なんかヤバい薬でもキメてんの？」と心配された。

でも、なんとか興奮を抑え込み、次第に動悸や息切れは、むしろ先輩成分を摂取している時の方が落ち着くまでになった。


そんな準備を、お父さんお母さんにも心配をかけないように模試や定期試験でも学内トップをキープできるよう学業と両立して行い、そしてその努力の甲斐《かい》もあって、高校3年生の夏ながら長期外泊の許可を得ることができた。

名目上は兄の下宿先に泊まることになっているけれど、もちろん本当の宿泊先は

……！


兄から送られてきた、先輩の下宿先の住所が書かれたメールをスマホに表示させつつ、どんどんと大きくなる心臓の鼓動を抑え込む様にひたすら深呼吸を繰り返す。

夏の太陽が容赦ない日差《ふ》しを浴びせてくる中、私は日射病とはまた違う原因で倒れそうになる身体をなんとか踏《ふ》み堪《こた》えながら、プルプルと震える手を必死に伸ばして、そし

て……。

「ゴクリ……」

何度目かの生唾《なまつば》が喉を濡《ぬ》らして、そしてようやく私は——

——ピンポーン。

先輩の家の、インターホンを押した。

私は夏が大好きだ。

私が初めて恋を知った、始まりの季節。

いままで何度も後悔や情けなさを感じることもあったけれど、それでも喜びの方が遥《はる》かに勝っている。

そして、この夏。高校生最後の夏。

暑さとは違う熱と、心臓の高鳴りを感じながら、私は何十、何百回と練習した言葉を口にしながら確信する。

「お久しぶりです、白木求先輩。兄に言われ、借金のカタとして参じました。これからよろしくお願いいたします」

私はもっと、夏を好きになれるって。

あとがき

『友人に500円貸したら借金のカタに妹をよこしてきたのだけれど、俺は一体どうすればいいんだろう』をお手にとっていただき、誠にありがとうございます。

作者のとしぞうです。

本作は、カクヨム様で開催されました第二回ファミ通文庫大賞にて特別賞を受賞し、出版に至りました。

受賞発表が2020年の10月16日。そして発売日が2021年の9月30日と、約1年かかってしまいましたが、こうして皆様の元へ無事届けることができ、ホッとしています。

そんな本作ですが、読んでタイトルの如《ごと》く、突然友達の妹が押しかけてくる、といった物語です。

中々ゾクゾクするシチュエーションですが……もしも実際にそういう状況になったら、確かにどうするのが正解なのかなぁ、なんて今更改めて考えたりしています。

友達の家族って、なんだか接点ありそうで、実はまったく知らない他人より遠い存在になりえると思うんですよね。

ほら、仲良い友達でも、わざわざご家族を紹介してもらうなんてレアケースじゃないですか？

友達の家に遊びに行って、トイレとか借りるタイミングでばったり友達の兄弟に廊下で出くわして、「あ……お邪魔してます、へ、へへ……」みたいな気まずい感じになったりしたり……。

そんな近いようでメチャクチャ遠い、友達の妹とのラブコメ——自分で言うのもなんですが、奥深いです。ファンタスティックです。ナイスシチュエーションです。自分で言うのもなんですが!!

本作を書いていて一番楽しかったのは、やはりメインヒロインである宮前朱莉《みやまえあかり》でした。求《もとむ》との距離に絶望し、それでも諦めきれず、兄に煽《あお》られ、ヤケクソともいえる勇気を振り絞る——若さゆえのアグレッシブさと、元々の人見知りから来る臆病さと……ヒロインが一人しかいないからこそ、彼女の魅力も思いっきり引き出せたと思います。

一人でも多くの方に、この『宮前朱梨』という女の子を好きになってもらえたら、とても嬉しいです！

イラストを担当いただいた雪子《ゆきこ》先生にも本当に可愛く描いていただけて、感謝&感謝です。

カラーの一枚を除《のぞ》き、朱莉ちゃん無双ですからね……色んな表情が見れて最高でした。

ここは作者ではなく完全にファン化してます。


そして、そんな朱莉ちゃんの活躍が、なんと漫画でも読めちゃうんですってよ！

WEBサイト『電撃コミック　レグルス』さんにて連載が始まってます！

コミカライズをご担当いただくのは金子《かねこ》こがね先生！　朱莉ちゃんが可愛くていいですね！

これについては作者関係無く、ただただ一読者として楽しみにさせていただいています。ぜひ、皆さんも一緒に楽しみましょう！！


そしてそして……本作とは関係のない宣伝をします。

だって、宣伝していいよって言ってもらたんだもん……な！　するぞっ！

実は……ワタクシ、現在新しい作品を準備してございます。

そのタイトルは……バンッ！

「百合の間に挟まれたわたしが、勢いで二股してしまった話（仮）」！！！

こちら、オーバーラップ文庫様より、秋以降の発売を予定しております！

タイトルからもお分かりの通り、女の子同士のラブコメ作品です。

ぼくとしては初めての挑戦になりますが、朱莉ちゃん視点のお話が面白かったと感じていただけた方には、絶対絶対絶対楽しんでもらえると思います！（強い言葉は自信の現れ）

この作品についてはぼくのＴｗｉｔｔｅｒで告知も行っていくので、ご興味のある方、ぜひフォローください！（露骨な誘導）

そんなこんなで、最後は本作から脱線してしまいましたが……。

改めまして、関係各所のみなさまに感謝申し上げます。

イラストをご担当いただきました雪子先生、コミカライズをご担当いただいております金子こがね先生、ファミ通文庫編集者様、電撃コミック　レグルス編集者様、そのほか多くの方にご尽力いただき、この作品を世に出すことができました。

そして、本作をご購入いただきました読者の皆様にも感謝申し上げます。

皆様にご購入いただいた一冊一冊が未来に繋がっていきます。

これからこのシリーズがどう展開していくかは売り上げや、皆様に気に入っていただけたかによって左右しますが、この恩を返せるよう、頑張っていければと思います！

（もしも面白いと思っていただけましたら、ぜひ軽率に感想やレビューを書いていただければ幸いです。幸せになります、ぼくが。ニヤニヤしつつ拝読させていただきます）

そんなこんなでページがギリギリになってしまいました。

改めて、本作に関わってくださった皆様に感謝すると同時に、本作が読者の皆様にとって幸せな時間を提供できることを祈っています。

としぞう

お手にとっていただきありがとうございます！
セーラー服は正義！

■ご意見、ご感想をお寄せください。……………………………………………………………
ファンレターの宛て先
〒102-8177　東京都千代田区富士見2-13-3　ファミ通文庫編集部
としぞう先生　　雪子先生

FBファミ通文庫

友人《ゆうじん》に500円《えん》貸《か》したら借金《しやつきん》のカタに妹《いもうと》をよこしてきたのだけれど、俺《おれ》は一体《いつたい》どうすればいいんだろう　1796

2021年9月30日　初版発行　◇◇◇

著　者　としぞう
発行者　青柳昌行
発　行　株式会社KADOKAWA
〒102-8177 東京都千代田区富士見2-13-3
電話 0570-002-301（ナビダイヤル）
編集企画　ファミ通文庫編集部
デザイン　アフターグロウ
写植・製版　株式会社スタジオ205
印　刷　凸版印刷株式会社
製　本　凸版印刷株式会社

●お問い合わせ
https://www.kadokawa.co.jp/（「お問い合わせ」へお進みください）
※内容によっては、お答えできない場合があります。
※サポートは日本国内のみとさせていただきます。
※Japanese text only

ISBN978-4-04-736703-6 C0193
定価はカバーに表示してあります。